2.-

Dieter Bromund: Kein Schnaps für den Zaren

Dieter Bromund
Kein Schnaps für den Zaren
Inselkrimi

1. Auflage 2003
ISBN 3-934927-38-6

Leda-Verlag, Kolonistenweg 24, D-26789 Leer
info@leda-verlag.de
www.leda-verlag.de

Satz: Heike Gerdes
Lektorat: Maeve Carels
Titelillustrationen: Simon Wood
Grundschrift: Times
Druck und Gesamtherstellung: Bariet, Ruinen
Printed in Netherlands

Dieter Bromund

Kein Schnaps für den Zaren

Inselkrimi

LEDA
VERLAG

Dieter Bromund, 1938 in Bromberg geboren, lebte von 1945 bis 1953 in Grefenmoor, Kreis Stade. Nach dem Studium der Anglistik und Germanistik war er 25 Jahre lang als Marketing-, Werbe- und PR-Berater tätig. Bromund lebt seit 1990 vom Schreiben und Übersetzen in Dreieich bei Frankfurt am Main. Verheiratet, zwei erwachsene Töchter. Liebt See und Westwind, altmodische Segler, Inseln und seit den Schultagen das Schreiben. Aktuelle Zwischenbilanz: über 20 eigene Bücher, 18 aus dem Englischen übersetzte Bücher und zahlreiche Funkfeatures und Hörspiele. Seine Story „Die Geschichte des Alan Macleod von Port of Ness auf Lewis in Schottland" (in: „Mordlichter", Leda 2001) wurde für den Friedrich-Glauser-Kurzgeschichtenpreis 2001 nominiert. Sein Inselkrimi „Die wandernden Sände" (Leda 2002) wurde für den Glauser 2002 nominiert. Weitere Veröffentlichungen bei Leda: „Die Frau aus der Brandung" (2002) und „Mann mit Messer" (in „Flossen hoch", 2002)

Begriffe aus der Seglersprache werden auf Seite 174 erklärt.

Eins

Die aus Accumersiel sangen bei solchen Gelegenheiten wohl immer. Sie hockten hinter der Düne im tiefen, tiefen Gras um ein gemeinsames großes Grillfeuer und ließen den Mann mit dem Akkordeon ein Lied nach dem andern spielen – Pfadfinderlieder allesamt. Vorm goldenen Abendhimmel quoll der Rauch gebratener Würste. Ab und an tauchte einer der wilden Gesellen vom Sturmwind durchweht mit der Schnapsflasche in der Hand im Dünenhafer auf und winkte denen aus Bensersiel zu, lud sie ein, sich doch um das gemeinsame Lagerfeuer zu setzen. Flamme empor!

Aber die Bensersieler blieben noch für sich, standen um die eigenen kleinen Grillglüher herum und tranken Flaschenbier zu rot oder gelb bestrichenen Würsten und Kartoffelsalat. Köhm wanderte in der Buddel von Gruppe zu Gruppe, das kräftige Glas, das mitlief, fand keine Ruhe, einer schien den Korn für alle gekauft zu haben und schickte immer neue Flaschen auf Tour. Wenn alle Brünnlein fließen, dann muss man trinken.

Die aus Neuharlingersiel, die Letzten, die nach Spiekeroog eingelaufen waren, als Geschwader, wie es sich für sie gehörte, saßen nahe dem Rand der Ruhezone. Auf dem trockenfallenden Schlick lag ein kleiner, segelloser Katamaran, die *Deja Vu*. Über allem zirkelten Möwen. Von der Wiese her waren Kiebitze zu hören und Austernfischer. Nordostwind, reichlich kühl. Der Seglerhafen von Spiekeroog war voll belegt. Offizielles Ansegeln, Beginn der Saison bei uns an der Küste. Viel zu spät für manche, die im Mai schon über die Kimm verschwunden waren – auf zu fernen Ufern.

Ich hatte eigentlich gar nicht geplant, an diesem Massenereignis teilzunehmen. Mitte Mai hätte ich mit einem Ehepaar aus München vier Wochen auf der *Opa Reimer* nach England segeln sollen, die englische Ostküste hoch bis zum Humber. Keine besonders aufregende Ecke der Welt, aber sie hatte stille kleine Häfen, flaches Land unter gewaltigen Himmeln. Ruhe für die Seele, gute Gespräche in der Plicht. Und wenn schon Ausflüge an Land, dann in Pubs, in denen einst Fischer, als die Fangwelt auf der Nordsee noch in Ordnung war, vor Kaminen Wärme fanden, nachdem der Fisch verkauft war und ehe sie nach Hause stapften, einer kurzen Nacht entgegen. Doch das Münchner Ehepaar musste absagen wegen Krankheit der Frau. Ich hatte plötzlich Zeit, ungeplante Zeit, in der unschöne Langeweile entstehen kann.

Zuerst meinte ich, da wolle mich jemand verarschen, als sich vor einer Woche am Sonntag um zehn Uhr morgens ein „Vorzimmer Helmut Maanens Immobilien, Frankfurt“ am Telefon in Bensersiel meldete.

„Wer ist da bitte?“

Klicken. Ich war weiterverbunden worden. Eine Männerstimme meldete sich mit: „Maanens, Helmut Maanens.“

Ich erinnerte mich sofort an ihn. Die Stimme war die gleiche geblieben.

Maanens – natürlich!

„Ich bin in Ihrem zweiten Jahr mit Ihnen nach Christiansand gesegelt.“

Lieber Gott, war das lange her. Maanens, schon damals nicht der Jüngste, aber nicht totzukriegen. Ich hatte zu ihm wie zu allen meinen Chartergästen mit Weihnachtskarten und Kurzberichten über die Reisen des vergangenen Jahres ständig Kontakt gehalten. Viele kamen immer wieder.

„Richtig, Herr Maanens. Und nun wollen Sie wieder raus mit der *Opa Reimer*?“

Ich habe meine Gäste nie geduzt, auch wenn die es untereinander taten.

„Eigentlich nicht. Aber Sie sind noch im Geschäft und nicht auf See? Die Saison hat doch schon längst begonnen.“

Ich erzählte ihm von dem Ausfall des Münchner Ehepaares.

„Dann haben Sie sicher Zeit für mich.“

Keine Frage, eine Feststellung.

„Und was würde ich für Sie tun können?“

Lachen im Hörer.

„Gut gefragt. Ich möchte, dass Sie bis zum nächsten Sonntag meine Yacht aus Holland nach Spiekeroog überführen.“

„Ihre Yacht? Seit wann haben Sie ein Schiff? Sie wohnen doch so weit weg von der See.“

„In Buchschlag bei Frankfurt. Aber die See hat lange Arme. Und dann hab ich ein Häuschen auf Spiekeroog – seit zwei Jahren. Also, wie ist es, haben Sie Zeit?“

Natürlich hatte ich Zeit.

„Dann fahren Sie nach Holland und bringen die *Robbe* nach Spiekeroog. Sie liegt in der Werft bei de Gier & Bezaan in Enkhuizen. Eine Puffin 42. Sie wird Ihnen gefallen.“

Ich schwieg vor Verblüffung einen Augenblick.

„Sind Sie noch dran, Skipper?“

„Ja, ja, natürlich.“ Eine Puffin 42 kostet unter Brüdern neu über sechshunderttausend Euro. „Ein Neubau, Herr Maanens?“

„Nein, sie hatte einen Vorbesitzer. Aber sie ist gut in Schuss und war teuer genug.“

Also musste ich mir wegen meines Honorars sicher keine Gedanken machen.

„In Ordnung“, sagte ich. „Wir werden rüberfahren und sie überführen.“

„Sehr gut, ich bestätige das der Werft mit einem Fax und Ihnen auch. Ihr Honorar, Skipper?“

„Fünfhundert Euro.“

Und als er schwieg, sagte ich: „Pro Tag. Spesen extra.“

„Wie viel Tage brauchen Sie?“

„Drei.“

„Sie sind nicht billig.“

„Wir sind zu zweit. Sie bekommen das Schiff ohne eine Schramme auf den Liegeplatz im Hafen von Spiekeroog.“

Er knurrte etwas und sagte dann: „Topp, das Angebot gilt. Die *Robbe* ist am Samstag, dem 1. Juni, früh in Spiekeroog. Das Fax kommt gleich. Melden Sie sich, wenn Sie in Enkhuizen sind. Van Meer ist mein Gesprächspartner. Bis dann.“

Der Designer persönlich kümmerte sich also auch um die Überholung eines Schiffes!

Von Yachten dieser Größe träumt man in unseren Häfen nur. In Holland sieht man sie öfter mal, im Mittelmeer füllen sie manche Marinas und setzen Muscheln an. Schön, wenn jemand jetzt auch bei uns so viel Geld hat, um ein paar hunderttausend Euro in ein so tolles Schiff zu stecken.

Und schlimm, wenn er dann keine Zeit hat es abzuholen.

Doch wat den eenen sien Uhl is den annern sien Nachtigall. Weil Maanens nicht kommen konnte, kam ich zu Segelfreuden und einem anständigen Honorar.

Ein Schiff von zweiundvierzig Fuß Länge mit 120 und mehr Quadratmetern Segelfläche bändigt man besser nicht allein. Die *Opa Reimer*, um einiges kürzer, war zwar auch kein klassisches Einhandboot. Aber die kannte ich und konnte sie notfalls einhand segeln. Doch mit einer Puffin war ich nicht vertraut. Also Gerd anrufen, mit dem ich so einige Seemeilen abgesegelt hatte. Ich hatte wenig Hoffnung, dass er – mittlerweile Chef bei *Weltbild* in Hamburg – so schnell freikäme. Andererseits waren ja drei Tage nicht alle Welt.

Er wäre mitgekommen, wenn er nicht einen wichtigen Termin in Berlin wahrzunehmen hätte, der partout nicht zu verschieben war.

„Aber lass von dir hören“, sagte er.

Also musste Komrusch mit. Lisbeth würde ich in der Saison keine drei Tage aus dem *Deichgrafen* loseisen können.

Komrusch sagte wie erwartet zu, Lisbeth sagte ab.

Man bot uns eine Bahnfahrt von Leer nach Enkhuizen an, deren Länge von mehr als sechs Stunden uns missfiel.

Lisbeth hatte die richtige Idee. Wir heuerten einen Studenten aus ihrer Küche im *Deichgrafen* in Bensersiel an, der eigentlich seinen freien Tag hatte. Er sagte zu, uns nach Urk zu fahren, auf die Seite des Ijsselmeers, auf der einst die Fischer hausten. Gegenüber von Urk lag Enkhuizen, mit einer Fähre erreichbar, und erinnerte immer noch an den Reichtum der Handelsstädte am Westufer.

Ich kannte alle Häfen am Ijsselmeer, aber die Werft hatte ich mir noch nie von innen angeschaut. Schiffe in der Preisklasse waren jenseits meiner Möglichkeiten.

Wir erreichten Urk erstaunlich schnell am Montagmittag. Der Student fuhr Lisbeths Wagen allein zurück.

Van Meer hatte tatsächlich ein paar Augenblicke Zeit für Komrusch und mich, die Zeit, die man für ein Kopje Koffie braucht. Dann überließ er uns einem jungen Mann namens Durk, einem strohblonden Hünen, der aus Brabant kam. Wir hatten ihn für einen Friesen gehalten.

Der Papierkram war bald erledigt. Das Übernahmeprotokoll nahm Durk mit, weil wir es an Bord unterzeichnen würden. Nach einem Probeschlag.

„Hat denn Maanens seine *Robbe* schon mal selbst gesegelt?“, wollte ich auf dem Weg zum Anleger wissen.

„Oh ja, einige Male. Darum hat er sich ja auch dafür entschieden, den Baum auszutauschen, um das Groß leichter reffen zu können.“

In den gewaltigen Hallen blieb mir der Mund offen stehen. Ich war Lauritzen gewöhnt für die *Opa Reimer*, aber das hier war eine andere Welt.

Die Puffin wurde praktisch in drei Teilen gebaut. Zuerst und separat der Rumpf aus Eisen, in den die Aggregate von oben eingebaut werden. Weit weg davon entstand der Innenausbau aus Holz, der in einem Stück in den Rumpf gehoben wurde. Als Letztes wurde das Deck, das bereits vor dem Zusammenbau lackiert worden war, mit dem Rumpf verbunden. Damit alles passte, zeichneten die Werftleute jeden Neubau am Computer auf den Millimeter aus. In sieben Monaten entstand so eine Puffin 42 mit dem senkrechten Kuttersteven, dem flachen Unterwasserschiff und dem aufholbaren Schwert. „Ein Meter zehn Tiefgang für das Wattenmeer, zwei fünfundvierzig für draußen." Durk fing an, uns in die Feinheiten der *Robbe* einzuführen.

Er segelte diesen Nachmittag mit uns und dann zeichneten wir das letzte Papier ab. Wir blieben abends in Enkhuizen und kamen uns in dem großen Schiff fast verloren vor. Es war perfekt überholt worden. Alles roch noch sehr neu. Aber Komrusch traute sich nicht, unter Deck zu rauchen, um dem Salon eine Seele zu geben. Vielleicht war Maanens ja Nichtraucher.

„Was ist das für ein Mann", fragte Komrusch, als er die Flasche für den Bett-Trunk öffnete, „der sich so ein Schiff kauft und es dann nicht mal selber abholt? Das ist so, als wenn man seine Braut in der ersten Nacht einem anderen überlässt."

„Nun werd man nicht poetisch", wehrte ich ab. Und musste zugeben, dass ich über diesen Maanens auch nicht viel wusste.

Immobilien in Frankfurt bedeuteten sicher viel Geld. Damals in meinem zweiten Jahr war mir Maanens nicht als besonders wohlhabend aufgefallen. Er kam wie jeder andere mit einem Seesack an Bord, in Troyer, Jeans und Bordschuhen. Ja, er hatte die beste Uhr von uns allen, die wir zum Auszählen von Feuern und Tonnen gern nutzten. Da wir – damals noch – zollfrei bunkern konnten, hatten wir die edelsten Alkoholika an Bord. Wenn Maanens also Geld hatte, dann hatte er keine Gelegenheit, damit zu protzen. Wir aßen meistens an Bord, weil ein Friedhelm Hahneberg aus Wuppertal als Berufskoch uns aufs Beste versorgte. Auch wenn Maanens von Frankfurt redete und von seinem Leben an Land, konnte man nicht auf Reichtum schließen. „Ich verwalte Immobilien und handle mit Grundstücken."

Ich erinnerte mich, er war blond, untersetzt, hatte kräftige Hände. Auf dem Törn ließ er sich einen Stoppelbart wachsen, der der Klinge zum Opfer fiel, als er in Kiel von Bord ging. Mein Gefühl, meine Erinnerung: ein netter Kerl. Und einer mit einem guten Gedächtnis oder einem guten Ablagesystem.

Denn er hatte nach all den Jahren Heiko Husmanns aus Bensersiel mit seiner Firma *Charter und mehr* wieder gefunden, also wohl anhand der Weihnachtskarten meine Adresse immer aktualisiert. Als ich als Kapitän von Bord ging, um mich in Bensersiel niederzulassen, hatte ich eine Wohnung gemietet und erst später mein Haus gekauft, als die Sache mit Lisbeth begann, Jahre nachdem ihr Mann, U-Bootfahrer der Bundesmarine, auf der Nordsee tödlich verunglückt war. Sie führte jetzt den *Deichgrafen* in Bensersiel, ihrem Vater war das Gastgewerbe zu viel geworden. Die *Opa Reimer* war mein einziges Schiff geblieben. Wenn ich keine Gäste hatte, kamen Gerd und Komrusch für lange oder kurze Törns an Bord. Komrusch, damals Hafenmeister von Bensersiel, hatte sich inzwischen zur Ruhe gesetzt – mit einer leidlichen Pension.

Maanens – einer der ersten zahlenden Gäste. Auf dessen Kosten zogen wir jetzt mit einer Puffin mit halbem Wind von Enkhuizen nach Kornwerdersand über das Ijsselmeer.

Es war Komrusch und mir klar, dass wir nicht innen entlang – zwischen Inseln und Festland hindurch – segeln wollten, dem Fahrwasser folgend, sondern vor den Inseln mit achterlichem Wind nach Spiekeroog laufen würden.

In der Schleuse von Kornwerdersand sträubten sich mir die Haare. Wir lagen als Erste vorn und hatten die *Robbe* gut abgefendert. Ein Skutje wollte sich neben uns legen und lief aus dem Ruder. Nur ein beherzter Sprung von Komrusch mit einem der gewaltigen Ersatzfender, die wir – so etwas ahnend – an Deck gelassen hatten, rettete die Bordwand der *Robbe* vor ihrer ersten Schramme.

Der Skipper drüben entschuldigte sich und ließ uns dann viel Raum beim Auslaufen.

Durk hatte uns, nachdem wir alles unterzeichnet hatten, eine Rolle Karten gegeben, „with compliments." Natürlich hat ein Schiff dieser Größe alles an Bord, was man für die Navigation braucht. Doch irgendwie hatten die Werftmanager wohl gemerkt, dass Komrusch und ich unsere Reise noch auf altmodische Weise planten.

Wir legten die Karte auf den Tisch, zeichneten die Kurse ein, schrieben daneben, was der Kompass zeigen sollte und programmierten dann erst, was die moderne Technik uns mit GPS liefert. Ich steuere lieber nach Tonnen und hielt auslaufend im Zuidoosttrak die roten Tonnen an Steuerbord. Und Komrusch hakte ab und schrieb die Uhrzeiten daneben. Das ist, zugegeben, ein altväterliches Verfahren, aber wir fühlten uns sicher und frei.

Inschot und dann den Vliestrom zwischen Terschelling und Vlieland hindurch.

Bookmansdiep, Thomas Smit Gat – das waren wir damals mit der *Opa Reimer* auch gelaufen, denn die Reise, an der Maanens teilnahm, startete in Friesland in der Nähe von Sneek.

Komrusch und ich liebten Nächte auf See. Wir waren nonstop um Europa herum gesegelt. An Land fragte man uns manchmal, wo wir denn nachts schliefen. „Unter Deck“, lautete die Antwort, „in der Obhut des Rudergängers und der Wache.“

Diesmal gab es keine Wache. Wir hatten vereinbart, Borkum anzulaufen und dort zu schlafen. Nach Spiekeroog wollten wir mit der Tide segeln. Mehr Vereinbarungen braucht man nicht.

Und so steuerten wir mit unserer Puffin das Fahrwasser an.

„Doorgaande Scheepvaartsroute. Niet for Kustverkeer en pleziervaart“, sagte die Karte. Aber wir hatten ohnehin nicht vor, uns mit den Dickschiffen anzulegen. Und hielten uns südlich der Tonnen.

Man merkt ziemlich schnell, was für eine Yacht man führt. Eine Zicke, der man zeigen muss, wer der Boss ist. Oder ein handiges Schiff, mit dem man schnell einig wird.

Komrusch verschwand nach unten, als wir den Südrand des Fahrwassers erreicht hatten. „Ich geh mich mal von innen besehen.“

Er würde unten im Salon auf der Bank liegen, das rotgeblümte Taschentuch gefaltet über den Augen, die Schuhe vor der Bank. Auch ein leiser Ruf des Rudergängers würde ihn sofort wecken.

Ich stand oben am Rad. Die *Opa Reimer* steuerte ich mit der Pinne. Ich hatte den direkten Kontakt zum Ruderblatt immer für besser gehalten als das Drehen am Rad. Aber ich muss sagen, die *Robbe* war so ausgetrimmt – was wir uns zugute halten konnten – dass es beim Steuern keine Probleme gab.

Wir hatten uns entschieden, das Groß und die beiden Vorsegel stehen zu lassen.

Die alten Zeiten waren endgültig vorbei. Als ich mit Maanens und der damaligen Crew nach Christiansand gelaufen war, herrschten noch die alten Bräuche an Bord. Wir wechselten die Fock, indem wir die alte abschlugen, sie nach achtern schleppten, die neue nach vorn bugsierten, anschlugen und setzten. Notfalls auf einem tobenden Vorschiff, auf dem man nass bis auf die Knochen wurde.

Man lernte damals schnell, auf wen man sich in der Mannschaft verlassen konnte. Denn der Segelwechsel klappte nur auf Zuruf. Wenn der Mann am Mast die Fall nicht weit genug lockerte, nahmst du vorn ein Bad nach dem andern. Ich erinnerte mich, dass Maanens damals nass bis zum Hals zurückgekrochen kam. Aber die neue Fock stand und er verschwand nach unten, wechselte in seinen Pyjama, schlief vier Stunden und stand dann wieder oben in immer noch feuchten Klamotten und glänzendem Ölzeug.

Heute genügte mir ein Blick auf die Armaturen. Zu viel Wind, zu viel Lage, also verkleinern wir Klüver und Fock und Groß. Und probieren, was am wenigsten Speed kostet. Das alles mit ein paar Handgriffen.

Und das Ganze aus einer trockenen Cockpit hinter dem Deckhaus mit den drei Fenstern unter Halbrundbögen.

So also liefen wir in die Nacht. Zum ersten Mal seit vielen Jahren führte ich ein fremdes Schiff. Und begann es zu lieben.

Wie in den Tagen, als Maanens und ich Wache auf dem Törn nach Norwegen gegangen waren, suchte ich mir einen Stern, hielt ihn in dem Winkel zwischen Want und Saling und steuerte nach dem Gefühl des Windes an den Wangen. Nachts fühle ich mich hier so sicher wie am Tage.

Die Feuer sagen mir immer, wo ich bin. Drei Peilungen und das Kreuz in der Karte stimmt. Ich kann mir gut merken, was die Karte zeigt und wo wir stehen.

Man kann Navigation natürlich auch mit dem GPS-Plotter machen, den Autopilot dran klammern – und dann haben wir es. Wenn dann noch jemand etwas erfindet, damit Plotter und Autopilot mit den Vorsegeln und dem Großsegel kommunizieren können, dann kann das Schiff ganz allein segeln, sofern es Radar an Bord hat. Man muss nur noch eine kritische Distanz zu sich nähernden Schiffen einstellen.

Das alles mag ich nicht – nicht mal in meiner Vorstellung.

Aber ich gebe zu, als die *Robbe* durch die Nacht lief, fand ich die modernen Systeme von heute doch ganz angenehm.

Borkum meldete sich mit festem weißen Licht und BE, dadittdittditt ditt auf 298,8. Komrusch war oben, ehe ich ihn geweckt hatte. Schiermonnikoog, Amerskeerk, Hubertgat, abfallen. Ich lief mit der *Robbe* exakt Ost.

Der Rest war Routine. Wir machten im Hafen von Borkum fest und schliefen, bis die Helligkeit uns weckte.

Für den Rest des Törns ließen wir uns Zeit und nutzten dann doch unser Global Positioning System, das sich prompt meldete, als vor dem Norderriff zwischen Langeoog und Spiekeroog die grüne und die rote Tonne auftauchten. Wir halsten und marschierten auf Backbordbug an der Mittelplate vorbei in die Schillbalje hinein.

Mit der *Opa Reimer* hätten wir es gewagt, unter Segeln in den Hafen von Spiekeroog einzulaufen. Auf der *Robbe* verließen wir uns lieber auf den Motor. Wir wollten kein Risiko eingehen. Zweiundvierzig Fuß sind viel Schiff für den Seglerhafen der Insel.

Wieder mal lobten wir mein Handy, mit dem wir in Landnähe so viel leichter Kontakt aufnehmen konnten als früher über Funk.

Hafenmeister Heinrich der Seefahrer tat in seiner Hütte über dem Seglerhafen Dienst. Wir kannten ihn seit Jahren, Heinrich Hellwege, ehemals Wasser- und Schifffahrtsamt, mit dem

Komrusch während seiner Jahre als Hafenmeister von Bensersiel viel zu tun hatte.

„Die *Robbe* kriegt Liegeplatz 16. Ich werde dort stehen und euch in Empfang nehmen.“

Als wir in den Hafen drehten, entdeckten wir die Fähre an der Pier und ein paar Drahtcontainer. Sie würde erst abends nach Neuharlingersiel laufen. Nur wenige Kurgäste standen oben auf dem Weg ins Dorf und sahen sich den Hafen an. Auf dem Steg winkten uns zwei Gestalten zu. Im Glas erkannte ich Heinrich und eine fremde Frau mit Kopftuch und großer Sonnenbrille.

Beim Einlaufen mussten wir auf die üblichen Surfer achten, die ohne Kenntnisse von Dickschiffen und Vorfahrt das innere Hafenbecken zu einer gefährlichen Wasserfläche machten. Die *Robbe* hatte sogar ein kräftiges, auf Knopfdruck reagierendes Horn, das wir zweimal bedienen mussten. Wir liefen in Box 16, wohin Heinrich der Seefahrer uns einwinkte. Leinen fest, alle Fender draußen, die Segel eingerollt, Motor aus. Wir hatte die Puffin sicher und ohne Schramme nach Spiekeroog gebracht.

Heinrich fing unsere Seesäcke auf, ehe wir auf den Steg kletterten.

„Moin, Moin. Sicher ein Traumschiff.“

„Kannst wohl sagen.“

Die Dame nahm die Brille ab.

„Das sind die Herren Husmanns und Komrusch, und das ist Frau Kassner. Frau Kassner führt Herrn Maanens’ Haushalt.“

Händeschütteln. Sie musterte uns freundlich.

Ich schätzte die Frau auf Anfang fünfzig. Noch ganz knackig, würde Komrusch sagen. „Wollen Sie sich die *Robbe* mal anschauen?“

„Ich kenn sie schon von Enkhuizen her.“

„Segeln Sie selber?“

„Nur mal mit. Nein, ich bleibe lieber an Land.“

Also schloss ich ab. „Darf ich Ihnen den Schlüssel geben?“

„Wollen Sie ihn nicht behalten und an Bord bleiben? Herr Maanens kommt übermorgen, am Sonntag früh, mit der Fähre."

Ich sah Komrusch an und der Frau Kassner.

„Na, meinetwegen. Bleiben wir noch eine Nacht an Bord."

„Oder zwei. Vielleicht wollen Sie ja zusammen segeln."

Sie führte Maanens also nicht nur den Haushalt, sondern traf für ihn offenbar auch Verabredungen.

Wir hoben die Seesäcke an Bord zurück. Die Küche hatten wir noch nicht in Besitz genommen, obwohl Töpfe und Pfannen, Bestecke, Geschirr und Tassen schon eingeräumt waren.

„Dann sehen wir uns also übermorgen Vormittag hier an der Fähre."

Wir nickten.

Sie setzte die Brille wieder auf, deren oberer Rand denselben Schwung wie ihre Augenbrauen hatte. Das Kopftuch mit seinem italienischen Design sah teuer aus und die Loafer, die sie zu einer Hose im Schottenkaro trug, waren auch feiner als das übliche Schuhzeug. Statt des Friesennerzes trug sie eine halblange blaue Jacke, die vermutlich jeden Regenschauer aushalten und alle Winde fernhalten konnte.

Komrusch begleitete sie über den Steg bis nach oben.

„Schön, wenn man Geld hat", meinte Heinrich.

„Du meinst das Schiff? Oder die Frau?"

„Beides", sagte Heinrich. „Anna Kassner kommt immer zwei Wochen vor Maanens nach Spiekeroog und bleibt immer vierzehn Tage länger."

„Du kennst Maanens?"

Heinrich setzte einen Stumpen in Brand und blickte Anna Kassner und Komrusch nach. „Na ja, wie man es nimmt. Er ist zweimal im Jahr auf der Insel. Im Sommer und über Weihnachten. Immer so einen ganzen Monat. Der hat sein Haus im Westen vor den Dünen."

Wie man denn zu einem Liegeplatz kommt, wenn eigentlich keiner mehr da ist, wollte ich wissen.

Maanens hatte ihn auf die überall übliche Weise bekommen. Er war Mitglied im Verein geworden und zahlte 30 Euro Mitgliedsbeitrag pro Jahr. Der Liegeplatz kostete jährlich 250 Euro. Und dazwischen lag eine Spende an den Verein in unbekannter Höhe.

Heinrich zuckte die Schultern. Er kannte die Summe nicht.

Aber man hatte die Stege um ein paar Teile verlängert und den Bagger länger arbeiten lassen.

So also kam die *Robbe* zu ihrem Liegeplatz in Box 16.

„Dann wollen wir mal ins Dorf gehen“, sagte ich. „Ich hab Hunger. Und außerdem ist die Sonne unter der Großrah, da darf man den Abend schon mal antrinken.“

Ich schloss ab und folgte Heinrich. Der erzählte uns, dass morgen der Hafen knallvoll sein würde. Die Segler aus den Vereinen aus Accumersiel, Bensersiel und Neuharlingersiel würden sich mit ihren Booten zum Ansegeln auf ein Wochenende im Hafen von Spiekeroog treffen.

Und wir würden dabei sein. Na, was tut man nicht für fünfzehnhundert Euro plus Spesen. Warten wir also auf Maanens, übergeben ihm das Schiff und nehmen den Scheck in Empfang. Armer Mann, der sich für ein paar hunderttausend Euro ein Schiff kauft und dann keine Zeit hat es selber abzuholen.

Ich sah in den blauen Abendhimmel und freute mich über Möwen, die sich mit wenigen Flügelschlägen vom Hafen über die Wiesen treiben liessen.

Zeit für den Abendschnaps.

Ich dachte an mein eigenes Schiff, das jetzt im Hafen von Bensersiel lag.

Die *Opa Reimer* war so gut in Schuss wie immer. Sie war wie jedes Jahr nach der Saison auf Lauritzens Werft in Norddeich gewartet worden, vom Kiel bis zum Verklicker. Lauritzen selber kümmerte sich um die Arbeit. So ein Schiff, sagte er, darf man nicht verkommen lassen. Das meinte ich auch – und konnte mir mittlerweile seine Arbeit auch leisten. Mit der *Opa Reimer* war ich die Saison über immer ausgebucht – von Mai bis Oktober. Bensersiel war für mich also nur der

Ort, an dem sie ein paar Mal im Jahr zum Laden festmachte. Den Club brauchte ich hauptsächlich des Standers wegen. Aber es konnte nicht schaden, sich zum Ansegeln am Samstag und Sonntag mal sehen zu lassen. Wenn auch mit einem fremden Schiff.

Zwei

Und so standen wir an unserem Grill, den wir in der Backskiste der *Robbe* gefunden hatten, auf dem Stückchen Wiese hinter der Hütte des Hafenmeisters vom Seglerhafen Spiekeroog bei Heinrich dem Seefahrer. Komrusch und ich hatten auf die üblichen Würstchen verzichtet, wir ergötzten uns an Schweinekoteletts. Hammelfilets, die wir in Bensersiel in dieser oder jener Marinade gereift zu beachtlichen Rotweinen zu grillen pflegten, waren hier nicht angesagt. Das Ansegeln lief nach eigenen Gepflogenheiten ab, hier flossen Bier und Schnaps.

Jeder Verein blieb dabei erst mal für sich. Die Männer brachten die Grillkohle zum Glühen und bekämpften dabei den Teufel Alkohol. Die Frauen breiteten Decken auf dem Boden aus oder stellten Teller auf winzige Tische, verteilten Kartoffelsalat auf die Pappteller und reichten Bier nach – in Flaschen, nicht in Dosen. Wenn die Glut sich ins Graue wandelte, trieben die Männer den Würsten das Fett aus dem Leib und den Brand auf die Kruste, strichen Senf oder Ketchup über braune Schründe und legten, häufig genug schon mit unsicherer Hand, die am Feuer gereiften handlangen Schweinernen neben den Kartoffelsalat. Eh sie zubissen, gab es noch einmal das Ersehnte, den Schnaps, das Bier dazu – und dann begann das Schmausen.

Und nach dem Schmausen begannen die Besuche. Man mischte sich unter die anderen. Das Akkordeon spielte das Lied vom jungen König und der anderen Seite des Tales und es war ein Klingen in dem ganzen Lager und viele Hafenfreunde sangen mit.

Unter die Segler hatten sich auch Kurgäste gemischt, die munter mitfeierten.

Zeit, um aufzubrechen. Ich hatte keine Lust auf Lärm und Leute.

„Ich bleib, Jungche. Vielleicht kommt ja die Kassner." Komrusch, der alte Ostpreuße, nach dem Krieg nach Ostfriesland verschlagen, hatte also Feuer gefangen.

Ich machte mich allein auf den Weg zum Strand. Wildgänse rauschten durch die Nacht, angetrieben vom Akkordeon, begleitet von vielen Stimmen. Hinter mir zuckte Fahlhelle und es gellten Trinkrufe. Man kam also ordentlich zur Sache, und damit man auch lange etwas von diesem Fest hatte, fotografierten ein paar Leute mit ihren Blitzlichtern munter drauf los. Damit dann auch im Herbst noch ein Amen rauscht – Ende des Lieds.

Um diese Zeit, nach einundzwanzig Uhr, schlief die Insel immer noch nicht, die grüne, die familienfreundliche. Es klapperten Wagenräder, ganze Familien zogen fröhlich zum Hafen hinab. Das Ansegeln, das Treffen der drei Clubs auf Spiekeroog zu Beginn der Saison, war tatsächlich ein Fest für die ganze Insel. Die Sonne stand immer noch flach über den Dünen. Es glitzerte unterm Sternenzelt, hinter mir tönten raue Seelen von Madagaskar, wo immer noch die Pest an Bord herrschte.

Also Grund genug zu verschwinden.

Ich mag Massen nicht, Haufen Volks, einem Ziel hingegeben.

So wanderte ich ihnen entgegen, den Hafenbesuchern, unter der graurosa Dämmerung. Am Hotel *Kronenhof* bog ich nach links ab.

Und war ganz plötzlich allein. Hier auf dem schmalen Weg, der dem Deich am Rand der westlichen Ruhezone folgend zum Strand führte, sah ich wenige Häuser. Spiekeroog sammelt sich um einen Dorfkern, kuschelt sich in Dünentäler und unter Bäume.

In nördlicheren Gegenden der Welt beginnen um diese Zeit die hellen Nächte. Ich erinnerte mich, vor vielen Jahren mit Freunden in St. Petersburg bis zum Morgen hin an der Newa und den Kanälen entlang gewandert zu sein, ohne dass der Himmel dunkel wurde. Die weißen Nächte des Nordens.

Unsere sind weniger berühmt, aber ebenso anrührend. Die Himmel wechseln ihre Sterne. Über der ruhigen Kimm glühte der Abend. Wolkenbänke hatten die Sonne schon eingefangen, doch noch immer glomm der Himmel feurig rot.

Und dann stand ich auf den Dünen am Strand, sah auf die See, mit ihren Streifen dichten Rots und Gelbs auf dem Abendgrau des Wassers. Kein Wind, so gut wie kein Seegang. Nur selten der Schrei einer Möwe.

Am Rande der Sicht glitten langsam kleine schwarze Silhouetten nach Osten. Während wir in den Sonntag hinüber die Saison der Segler eröffneten, fuhren draußen die Dickschiffer ihre Routen ab. Nach Schlicktown, nach Bremerhaven, nach Hamburg, durch den Kielkanal.

Ich ging durch die Dünen zurück, gepflasterte Wege entlang, so gut wie allein. Das Dorf schien im Dunkeln zusammenzukriechen, Häuser waren beim Näherkommen zuerst an ihren Dächern zu erkennen.

Ein letzter Blick zur See zurück. Die Sonne war untergegangen. Wie seit unendlichen Zeiten hatte es auch heute das große Zischen nicht gegeben, wenn Sonnenglut ins Wasser sinkt. Wir machen uns die falschen Bilder, aber wir lieben sie.

Dann waberte mir das bisschen Wärme entgegen, das sich im Ort hielt. Unterwegs ein Bier trinken?

Wir hatten einen Kasten Jever Pils und vier Sixpacks Guinness an Bord gebracht. Die waren in jedem Fall Thekengeschwätz und Lautsprechergedudel vorzuziehen.

Ich schlenderte auf den Hafen zu, auf dem breiten Weg jetzt ganz allein. Vom Fest war nichts mehr zu hören. Offenbar waren die Segler auf ihre Boote gegangen und die Kurgäste hatten sich in ihre Betten zurückgezogen. Es war eben doch noch zu kalt in der Nacht. Der *Kronenhof* lag auch schon im Dunklen, nur der Kasten über dem Eingang war noch beleuchtet.

Doch, ein paar kleine Feuer loderten noch. Im Hafen sah ich die Fähre liegen, die morgen die Kurgäste zurück nach

Neuharlingersiel bringen würde. Sicher war jemand an Bord, aber Lichter waren nicht zu sehen. Nur im Hafengebäude funzelte eine Birne. Die Toiletten und die elend wenigen Duschen waren noch beleuchtet. Warum eigentlich baut man einen großen Hafen, der viele Segler anlockt, wenn die Duschen und Toiletten nur für drei oder vier Leutchen reichen?

In der Hütte von Heinrich dem Seefahrer über dem Steg glomm ein Licht. Aber der Accumersieler hatte sein Akkordeon eingepackt und seine Versuche, andere zum Mitsingen zu animieren, aufgegeben.

Die Ruhezone, das Watt, und fern der Deich und das Leuchten, dieses ewige Leuchten des Festlands. Selbst die kleinen Orte hinter den Deichen lösten mit ihren Lichtern, die sich im Himmel spiegelten, die Nacht auf.

Der leichte Wind hatte über Nord auf Ost gedreht und abgenommen. Auch wenige Fallen, die an den Mast schlagen, stottern ein Lied.

Im zitternden Licht der drei noch brennenden Feuer sah ich schwarze Schatten. Es war zu kalt, um auf der Erde zu hocken. Man stand, ließ die Flaschen kreisen und wartete, bis die Flammen nicht mehr loderten.

Ich drückte mich vorbei und taperte den Steg hinunter.

Komrusch saß in der Plicht der *Robbe*, bäuerlich stillem Trunk ergeben.

„Was ist, Mann?“

Er grüßte mit einer Flasche Bier in der Hand, deutete auf eine Flasche irischen Whiskey und ein wartendes Glas.

„Gewesen ist nichts. Aber einen haben sie weggetragen. Hat wohl zu viel gesoffen. Der Arzt musste kommen. Himmen, Uwe Himmen.“

„Das soll vorkommen“, sagte ich. „Mancher verträgt eben weniger als er trinkt. Aber wer ruft deswegen einen Arzt?“

Der Whiskey tat gut, breitete sich in der Seele aus und forderte dunkles Bier aus Dublin. Und bekam es.

„Erzähl“, sagte ich, „ich hab ja wohl was Wichtiges verpasst!“

„Es waren welche aus dem Dorf da, Kurgäste. Die standen da und becherten – mehr mit uns als unter sich. Und jeder Verein hatte natürlich für die Vereinschronik einen Fotografen dabei. Die blitzten wie die Weltmeister. Die Segler haben jeden zum Trinken eingeladen, der sich dazustellte. Na ja, und einer von denen fiel dann plötzlich um und bekam das große Zittern. Und ich seh neben ihm die Kassner, die ihn auffing und dann loslief. Und dann kam Himmen, den hat sie wohl angerufen. Der hat sich den Kerl mit der Taschenlampe genau angesehen und ihn abgetastet, ihm dann gegen das Zittern eine Spritze verpasst. Und dann haben sie ihn weggetragen. In den *Kronenhof* rüber, hab ich gesehen."

„Und die Kassner?"

„Die ging sofort nach Hause."

Komrusch rauchte, war einem weiteren irischen Lebenswasser nicht abgeneigt, ließ sich aber mit dem Bier Zeit.

„Der war so ein mittelgroßer Kerl, eigentlich ganz kräftig."

„Redest du von dem, der das Zittern bekam?"

Komrusch nickte. „Er hatte einen Spitzbart. Na, was man sich so merkt."

„Und den hat Himmen verarztet?" Ich hatte mich längst daran gewöhnt, Komrusch mit Geduld zu behandeln. Der pflegte noch die alte Lebensart, erst zu denken und dann zu reden, und brauchte folglich mehr Zeit als andere.

„Himmen ist gekommen. Und hat gesehen, was hier ablief. Nahm auch einen Schnaps zu sich, darf man ja wohl auch, wenn man seine Pflicht getan hat."

Kein Widerspruch.

„Und den Besoffenen hat man dann in den *Kronenhof* getragen?"

Komrusch nickte nachdenklich.

Über den fernen Steg klapperten Schritte. An Land waren nur noch zwei glühende Punkte zu sehen. Die Feuer waren erloschen, die Helden müde.

„Der stand die meiste Zeit neben mir. Es waren viele aus dem Ort um uns herum. Na ja, und es floss der Schnaps. Da nahmen wir einen zur Brust und noch einen oder drei oder acht, hab sie nicht gezählt. Nur aufgehört, als ich mit Köhm hätte gurgeln können."

„Gib nicht so an, Komrusch. Du siehst ja, wohin das führt. Zu viel, und du kriegst das große Zittern."

Komrusch setzte seine Zigarre noch einmal in Brand.

„Weiß ich wohl, Jungche. Aber dieser hat das Zittern gekriegt und wenig getrunken."

„Bist du ganz sicher, Komrusch?"

„Ich habe schließlich gesehn, was er mit der Pulle gemacht hat, wenn sie kam. Der hat etwa die Hälfte von dem getrunken wie ich. Immer den Daumen auf der Öffnung gelassen, wenn er die Flasche schräg hielt. Und dann juppheidie das Glas an die Lippen, das leere. Im Dunkeln sieht man nuscht. Aber ich hab's gemerkt."

„Und trotzdem musste der Arzt kommen? Wenn du dich man nicht irrst, Komrusch. Der Mensch wird gesoffen haben wie ein Loch. Woher sonst kriegt man den Tremens, das Zittern des Säufers?"

Komrusch schüttelte entschieden den Kopf und legte den Zigarrenstummel in den Aschenbecher. Der ehemalige Hafenmeister von Bensersiel wusste, was sich gehörte. Nichts über Bord werfen.

„Jungche, ich sag dir eins. Der Kerl hat ganz wenig gesoffen und hat trotzdem das Zittern gekriegt, ganz plötzlich. Die Kassner, die den Himmen geholt hat, hatte ihm die ganze Zeit die Hand auf die Schulter gelegt. Und nun liegt er im *Kronenhof* nach einer Spritze vom Uwe Himmen. Valium hat der ihm gegeben, hab ich gehört. Was bei unsereinem sicher wie eine Keule wirken würde. Na, is auch egal. Als er zusammenbrach, sammelten sich die Leute um ihn. Nur die Kassner rannte gleich ans Telefon."

Komrusch fing an, sich zu wiederholen.

„Törnen wir ein", schlug ich vor. „Wir können ja morgen weiterreden."

Er nickte abwesend.

„Weißt du“, sagte er, „er hat wirklich wenig getrunken. Sowieso. Und für einen Russen praktisch nichts. Und kriegte trotzdem das Zittern!“

Ich war müde und wollte in die Koje.

„Ein Russe, sagst du? Woher weißt du denn das?“

„Na, woher wohl. Himmen hat ihm die Brieftasche rausgenommen, ehe er ihn geimpft hat. Ein russischer Pass. Ein gewisser Alex Morawi aus Sankt Petersburg. Aber Deutsch sprach er wie unsereiner, wenn er mal den Mund aufmachte. Werd einer schlau aus der Sache.“

„Morgen“, sagte ich.

„Eben. ‘n Abend, Skipper.“

Drei

Ein kühler Sonntagmorgen. Dass man sich am 2. Juni noch über einen Pullover freut!

Das Wummern des Diesels und das Kreischen eines Krans hatten mich geweckt. Als ich aus der Kajüte der *Robbe* nach oben stieg, saß Komrusch schon im Cockpit, einen Becher Tee in der Hand. Er, der früher an mir immer die praesenile Bettflucht bespöttelt hatte, war nun selber auf See und in Häfen ihr Opfer geworden. Wir hatten also vereinbart, nach dem Wachwerden sofort aus der Koje zu steigen. Und das war immer sehr früh.

Blauer, wolkenloser Himmel, deutliche Sonne, eine leichte Brise aus Ost. Über den Wiesen taumelte Vogelvolk. Um uns herum schlief auf den Booten noch alles. Sieben Uhr morgens.

Ich fand Tee auch überaus angenehm, genoss ihn schweigend neben Komrusch und beschloss, an Land zu duschen.

„Und dann könnten wir ja zur Feier des Tages mal beim Blomenbusch im Hotel frühstücken."

Also marschierten wir los, waren die Einzigen in der Dusche und zogen erfrischt und rasiert weiter, Beutel und Handtuch unter den Arm geklemmt.

Der *Kronenhof* war bestimmt schon gut belegt. Aber Blomenbusch würde für uns einen Tisch haben, schließlich dürften Kurgäste so früh am Sonntag noch nicht aufgestanden sein.

Die Fähre legte ab, drehte im Hafen fast auf der Stelle und nahm dann Fahrt auf.

„Wann kommt Maanens?"

„Ich nehm mal an, mit der anderen Fähre – in einer Stunde müsste sie hier sein, wir haben also Zeit, Jungche."

Wir würden Maanens natürlich am Hafen begrüßen, um ihn gleich auf die *Robbe* zu bringen. Wenn er schon keine Zeit hatte, sie selber aus Holland nach Spiekeroog zu segeln, würde er sicher sofort an Bord gehen wollen. Im Kühlschrank hatten wir eine Flasche Champagner kalt gestellt. Bei einem so satten Honorar darf man schon mal großzügig sein.

In der Tür vom *Kronenhof* waberte uns Kaffeeduft entgegen. Blomenbusch hatte, wie erwartet, einen Tisch für uns – am Fenster, wie es sich gehört – mit Blick auf den Hafen und aufs Fahrwasser, in dem die Fähre sich als kleiner heller Punkt landwärts bewegte.

Er setzte sich zu uns.

„Wieder mal hier – zum Ansegeln? Aber ihr habt ein neues Schiff, hab ich gesehen. Deine Geschäfte gehen also gut, Skipper?"

Wie leicht man doch Leute beeindrucken kann!

„Die *Robbe* meinst du. Die gehört einem Kunden von mir, dem ich mal das Hochseesegeln beigebracht habe. Der hat hier ein Haus auf der Insel. Maanens, Helmut Maanens aus der Frankfurter Gegend."

Blomenbusch lehnte sich etwas zurück, kreuzte die Arme vor der Brust. „Ach der. Ja, ich weiß."

Komrusch trank seinen Kaffee schwarz. Er nickte mir über den Tassenrand zu.

„Irgendwas Näheres über ihn?", wollte ich wissen.

„Nö. Kommt ganz selten mal her. Der hat ja eine Haushälterin, die ihn offenbar gut versorgt. Und dann ist er ja immer in Begleitung. Nein, wir kennen uns nicht so gut. Bis letzten Herbst hatte er immer eine Frau Benz dabei, seit Weihnachten ist es eine andere."

Eine Bedienerin öffnete jetzt die Tür von der Gaststube zum Frühstücksraum. Das Buffett lud ein. Es roch nach gebratenem Speck.

„Frequenz ist besser als Menge", riet ich Komrusch. „Also erst Orangensaft, dann Porridge als zweiten Gang, dann die Eier und dann sehen wir weiter. Nicht alles auf einmal. Ich bleib bei Kaffee."

Blomenbusch war verschwunden, als wir uns an unseren Tisch setzten.

Die Morgensonne draußen über den Wiesen schmerzte fast. Ich wechselte den Platz, um nicht ständig ins Helle blicken zu müssen. Meine Mütze, deren Schirm mich an Bord vor zu viel Licht schützte, mochte ich hier nicht tragen.

Wir hörten Kinderstimmen und dann machte sich die erste Familie über das Buffett her.

Blomenbusch tauchte wieder auf, sehr in Eile. Er knöpfte sich seine Lederweste zu und hob hinter der Theke den Hörer des Telefons ab, sprach hastig, schien aufgeregt und verschwand dann wieder.

Der *Kronenhof* mit seinen schätzungsweise dreißig Zimmern dürfte heute fünfzig bis sechzig Gäste haben, von Kindern bis zu mitreisenden Großeltern. Die Saison ließ sich offenbar gut an. Und das hieß, dass der Wirt und alle seine Helfer sich tummeln mussten. Kein Wunder, dass er es eilig hatte. In der Küche war man sicher schon beim Vorbereiten des Mittagessens. Die Karte lag bereits auf dem Tisch. Beachtliche Preise, die uns diesmal aber nicht schreckten. Denn Maanens würde uns einen fetten Scheck überreichen.

Komrusch deutete plötzlich mit der Gabel nach draußen.

„Das war eben Himmen. Du kennst den doch, Uwe Himmen, Arzt."

Ich kannte einen Uwe Himmen, mit dem ich in Esens zur Schule gegangen war. Ob der Arzt geworden war und sich auf Spiekeroog niedergelassen hatte? Meine eigenen Medizinmänner praktizierten auf dem Festland.

„Vielleicht will er auch frühstücken", sagte ich.

Aber er erschien nicht.

Auch Blomenbusch ließ sich nicht mehr blicken.

Wir hatten inzwischen Rühreiern und Speck, kleinen Würstchen und gegrillten Tomaten alle Ehre angetan, wechselten zum dritten Mal die Teller und entschieden uns als Abschluss für Toast mit bitterer Orangenmarmelade. Ich hätte doch Tee trinken sollen. Mächtiger Kaffee machte die feine Marmelade nieder.

Ich versuchte die Aufmerksamkeit einer Bedienerin zu erringen, um zu zahlen. Wir mochten beide nicht gern vor benutztem Geschirr sitzen. Und dann hatte sich während unserer Frühstücksgänge auch die Gaststube mit Hausgästen gefüllt. Am Nebentisch plärrte ein winziges Wesen in einem hohen Kinderstuhl.

„Wo ist denn der Chef?"

Die Bedienerin, morgenblaue Augen, strohgelbes Haar, lächelte ratlos: „Sind Sie nicht zufrieden?"

„Doch, doch. Wir wollten uns nur von Blomenbusch verabschieden. Vorzüglicher Kaffee."

Komrusch rundete großzügig auf. Schon wartete ein junges Paar darauf, dass wir den Tisch verließen. In der Tür zum Frühstücksraum faltete ein junger Mann, schwarze Hose, weißes Hemd, ein Tischtuch auseinander. Neuer Gast, neues Linnen. Die Preise ließen das zu.

Als wir vor dem Haus standen, sah ich die einlaufende Fähre. In der Tat, Komrusch hatte sich nicht geirrt. Aus seiner Zeit als Hafenmeister von Bensersiel besaß er ein phänomenales Gedächtnis für An- und Ablegezeiten von Fährschiffen.

Ein Mann in dunklem Anzug und mit schwarzem Schlips zum weißen Hemd wollte sich an uns vorbei in den *Kronenhof* drücken. Komrusch hielt ihm die Tür auf.

„Moin, Moin, Hinnerk."

Der andere blieb stehen. „Sie sind doch … Ach, du bist das, Komrusch. Was machst du hier?"

„Hab ein Schiff hergebracht mit dem Skipper hier."

Verlegenheitspause zweier Männer, die sich auf die Schnelle nichts zu sagen hatten. Erst ein Bier oder drei würden ihre Zungen lösen.

„Ja, denn, bis bald. Lass dich mal sehen."

„Na, ich hoffe nicht so bald", sagte Komrusch auf dem Weg zum Hafen. „Weißt du, wer das war? Hinnerk Berenz, der Bestatter der Insel."

Wahrscheinlich war er der einzige Mann auf Spiekeroog, der an einem Tag wie diesem im schwarzen Anzug herumlief und mit steifem Kragen. Hatte er geschäftlich im *Kronenhof* zu tun? Erst der Arzt, dann der Bestatter?

Ich zog meine Mütze tiefer. An solch einem blauen Sonntagmorgen sollte man sich besser nicht ausmalen, was die beiden zusammengebracht hatte. Wahrscheinlich war ein Hotelgast gestorben.

Wir gingen plötzlich in einem Strom von Menschen, die zum Hafen schlenderten, keiner abreisebereit. Die Ankunft der Fähre bedeutete wie auf jeder Insel Abwechslung. Fremde Gesichter, erwartete Freunde: Alle Neuen würden sich durch Blässe auszeichnen.

Ganz offensichtlich liebte man in Spiekeroog Rollwagen als Transportmittel für Kinder. Denn um uns herum hörten wir es in allen Höhen leise rattern. Auch Gummiräder geben Laut.

Komrusch entdeckte weit vorn an der Pier die Frau Kassner. „Dachte ich es mir doch. Sie wartet auch auf Helmut Maanens."

Zielstrebig änderte Komrusch seinen Kurs auf sie zu, wurde sogar schneller. Ich ließ ihn vorausgehen. Um bei Maanens' Haushälterin längsseits zu gehen, brauchte er meine Hilfe nicht.

Er begrüßte sie mit Handschlag und nahm dabei sogar seine Mütze ab.

Ich ließ ihm ein paar Minuten Vorsprung und lüpfte beim Handschlag mit der Kassner ebenfalls meine Kopfbedeckung.

Wir mussten zur Seite treten, um den beiden Männern Platz zu machen, die den Festmacher fangen und die Gangway einhaken würden.

Die *Spiekeroog II* lief langsam ein, drehte und schob sich dann seitlich an die Pier. Der Rudergänger oben beherrschte sein Handwerk. Ich grüßte hoch, Wiard Feenders, wir kannten uns seit der Seemannsschule. Er hatte seinen Landjob als Fährschipper zwischen Festland und Inseln gefunden, ich hatte mich vor zehn Jahren mit einer Segelschule am Großen Meer und der *Opa Reimer* von der christlichen Seefahrt verabschiedet. Die Segelschule hatte ich später an Hüsing verkauft, von der *Opa Reimer* konnte ich leben, obwohl das letzte Jahr mit miesen Zahlen das bisher schlechteste gewesen war.

Mit einem Schiff wie der *Robbe* würde ich mehr Leute an Bord nehmen und andere Preise verlangen können. Nicht nur mehr Leute, auch andere, die bequemer segeln wollten und nicht mehr eigenhändig die Vorsegel wechseln und das Gross einreffen mussten. Die *Robbe* bot alle Bequemlichkeiten, die man sich wünschen konnte.

Ich hätte Maanens auf den ersten Blick nicht wieder erkannt. Ein mittelgroßer Mann in weißem Anzug und Strohhut kam die Gangway hinab, hinter sich eine schlanke Dame in Blue Jeans und einem Troyer. Ein rotes Kopftuch.

Die Kassner löste sich von uns und bahnte sich einen Weg auf die beiden zu.

Wir folgten ihr.

Die Verlegenheit eines ersten Wiedersehens nach zehn Jahren.

„Herr Maanens, schön, Sie zu sehen. Dies ist mein Freund Komrusch, da drüben liegt in Box 16 die *Robbe*, ohne einen einzigen Kratzer hierher gesegelt. Ich habe an Bord eine Flasche Champagner kalt gestellt."

Er gab mir die Hand. Eine weiche Hand, ein fester Druck. Schütteres Haar, ehemals blond. „Frau Ommenbach", stellte er vor. Keine weitere Erklärung.

Ihre Augen faszinierten mich sofort. Dunkel mit einem Schimmer grün, die dich sofort maßen und einschätzen wollten und dann ganz unvermittelt mit einem Lächeln strahlten. Flache Fältchen an den Mundwinkeln und an der Nase.

„Ich habe viel von Ihnen gehört, Herr Husmanns. Herr Maanens ist gern mit Ihnen gesegelt."

Herr Maanens. Von Herrn Maanens sprach auch Frau Kassner.

„Ich denke, Sie beide wollen erst einmal ins Haus."

Maanens nickte. „Unser Gepäck?"
„Das bringt uns Deetjen mit dem Rollwagen. Gehen wir."
Komrusch fasste sich ans Kinn. „Aber da drüben liegt die *Robbe*. Wollen Sie sich die nicht gleich mal anschauen?"
„Das hat alles Zeit. Sagen wir mal, wir kommen auf einen Drink vorbei. Um sechs. Und dann ..." Er sah Frau Kassner an. „Sie haben sicher das Abendessen auch für die beiden Herren berechnet."
Sie nickte, so als sei das alles lange abgesprochen.
„Dann laden wir Sie also bei uns zum Essen ein." Maanens lächelte, ohne dass seine Augen sich bewegten.
„Wir kommen in diesem Dress", sagte ich. „Kein Blazer, kein Hemd, keine Krawatte."
„Das ist genau richtig", nickte die Ommenbach, „wir machen schließlich Ferien. Also bis dann."
Sie verschwanden zu dritt, Maanens zwischen den beiden Frauen gehend.
„Werde daraus einer schlau", meinte Komrusch. „Wir gehen mal auf ein Bier zu Blomenbusch rüber. Sein Jever vom Fass ist nicht zu schlagen."
Am Ende der langen Theke fanden wir zwei Hocker mit genügend Abstand zu den anderen Frühschöpplern, die sich hier Appetit antranken oder das Andenken von gestern löschen wollten.
Blomenbusch zapfte selber und brauchte genau sieben Minuten für das Pils, eine Sekunde für den Aquavit, der die Gläser beschlug.
„Komischer Kerl, dieser Maanens", sagte Komrusch und wischte sich Schaum von der Oberlippe. „Hast du so was schon mal erlebt? Kauft sich für einen Haufen Geld eins der besten Schiffe, die man haben kann, und kümmert sich einen Dreck darum."
„Geld verdirbt den Charakter."
„Kannst du wohl sagen, Jungche."
Wir verstanden Maanens auch nach dem zweiten Pils nicht. Blomenbusch musterte uns immer wieder mal beim Zapfen.

Schließlich saßen wir allein an der Theke.

„Was macht eigentlich der Mann von gestern?“, fragte Komrusch, der sich nun doch noch eine Zigarre angezündet hatte. „Der voll war wie eine Haubitze und das große Zittern bekam.“

Blomenbusch sah zur Seite, als wolle er sichergehen, dass niemand seine Antwort verstand.

„Den hat es erwischt. Der hat sich zu Tode gesoffen.“

Also hatte Komrusch sich geirrt. Von wegen, Daumen auf der Öffnung, wann immer die Flasche vorbeikam.

„Soll man's glauben“, sagte Komrusch und sah dem Rauch nach, den er über dem Glasrand hatte aufsteigen lassen. „Der ist wirklich tot? Deswegen waren der Arzt hier und der Bestatter?“

Blomenbusch schenkte Aquavit nach. „Hängt das bloß an keine Glocke. Wer hat schon gern einen Toten im Hotel. Heute Abend wird ihn Berenz abholen.“

„Geht denn das so schnell?“

Blomenbusch nickte. „Himmen hat den Totenschein ausgestellt, es hat alles seine Ordnung. Natürlicher Tod. Da hat ihm die Valiumspritze gestern gegen das große Zittern nach dem großen Saufen auch nicht mehr geholfen. Prost, ihr beiden, bleibt man bei dem, was ihr tut: in Maßen trinken.“

„Und was geschieht mit dem Toten dann?“ Komrusch ließ so leicht nicht los, wenn ihn eine Sache interessierte.

Blomenbusch beugte sich weiter vor.

„Der Mann war ein Russe aus Sankt Petersburg. Ist hier vorgestern abgestiegen. Jetzt hat Berenz seinen Pass mit dem Visum. Und telefoniert mit dem Konsulat in Hamburg. Die werden sich um alles Weitere kümmern.“

„Na, das ist vielleicht ein Ansegeln“, sagte ich. „Macht ihr das immer so? Saufen, bis einer tot umfällt?“

Blomenbusch richtete sich auf, schob sich von der Theke weg. „Red nicht solchen Scheiß, Skipper. Was können wir dafür, wenn einer säuft wie ein Loch? Das sieht man ja niemandem an. Rede bloß nicht drüber, sonst verhagelt uns hier das Geschäft. Außer euch beiden, Himmen, Berenz und mir weiß keiner was davon. Ich hätte es euch am besten auch nicht sagen sollen."

„Wenn der Sarg auf die Fähre kommt, weiß es die ganze Insel", sagte ich auf dem Weg zur *Robbe*. Wir wollten uns noch mal aufs Ohr legen, ehe unsere Gäste kamen.

„Das bestimmt nicht, Jungche. Die machen das alles so heimlich, dass keiner was merken wird, wetten?"

Vier

Eine Stunde vor Hochwasser legten die ersten Boote ab. Wer mit ordentlichem Tiefgang über die Baklegde oder Stüverslegde wollte, musste bei höchster Tide dort sein. Ab vierzehn Uhr leerte sich der Spiekerooger Segelhafen am Sonntag so schnell, wie er sich am Samstag gefüllt hatte. Die *Robbe* war das einzige Dickschiff, auf der sich an Deck nichts regte. Sie lag fest in ihrer Box Nr. 16, und Komrusch und ich hockten in der Plicht und sahen den auslaufenden Booten nach. Nur wenige verließen sich ganz auf die Segel, die meisten warfen den Udel an, legten ab und setzten erst im Fahrwasser die Segel. Ostwind unter einem blitzblauen Junihimmel trieb sie in die Heimathäfen zurück. Die Segelsaison hatte an der Sandküste jetzt offiziell begonnen.

An der Pier standen gruppenweise Kurgäste und hielten mit Fotoapparaten und Videokameras fest, was an weißen Segeln gegen die Sonne lief. Als ich mit dem Fernglas den Booten nachsah, ahnte ich, was viele Fotos zeigen würden, die man mit Teleoptiken aufnahm. Atemberaubende schräge Linien von Achterlieken, Wanten und Stagen und schmale Dreiecke aus getöntem Weiß, die sich vor makellosem Blau und einer niedrigen Kimm ständig gegeneinander verschoben. Wenn der Sommer so bleiben würde wie dieser Sonntag, würden wir hier eine große Saison erleben.

Wir entdeckten Maanens und die Ommenbach unter den Kurgästen, die hinter den Booten her sahen. Sie standen an der Pier weit vor der Fähre, die gerade beladen wurde. Ich beobachtete sie mit dem Glas und sah, dass sie sich unterhielten und dabei immer wieder auf die auslaufenden Boote zeigten.

Warum kommen sie eigentlich nicht an Bord, dachte ich. Sie hätten von hier aus eine viel bessere Sicht. Wir hatten die Champagnergläser schon im Deckshaus, die Flasche lag noch im Eis. Unter Deck sah es aus, als habe die *Robbe* gerade eben erst die Werft verlassen. Wir hatten achtern unsere Kojen bezogen, aber auch die waren so ordentlich hergerichtet, als solle gleich eine große Inspektion beginnen.

Sie fand auch statt, aber so ganz anders, als ich es mir bei einem Mann vorgestellt hatte, der für sein Schiff gerade ein paar hunderttausend Euro bezahlt hatte.

Ich half der Ommenbach von Deck aus an Bord, Maanens hielt auf dem Steg ihre Hand. Sie trug Turnschuhe, die sie auf dem Feudel abwischte, und stieg dann in die Plicht, elegant, gewandt, aber wie eine Frau, die noch nie auf einer Segelyacht gewesen war. Sie hielt sich am Rad fest, so als erwarte sie, das Boot würde schwanken. Komrusch schob ihr ein Kissen hin und während Maanens an Bord stieg, setzte sie sich und blieb dort, während wir zu dritt über das Schiff gingen.

Maanens prüfte, was er hatte ändern lassen, und fragte, wie sich die Rollfock, der Klüver und das Groß bewährt hatten, das in den Mast gerollt wurde. Er entdeckte eine Schmierspur von schwarzem Sohlengummi auf dem Teakdeck vor der ersten Winsch an Backbord, bückte sich und rieb sie mit dem Daumen weg.

Ich hatte also Recht gehabt, das Schiff wie zu einer Inspektion herzurichten. Ein pingeliger Mann offenbar. Man merkte schnell, wie kurzatmig er war. Er trug Sonnengläser, die sich im wechselnden Licht färbten.

Die Ommenbach folgte uns unter Deck.

„Wie wär's mit einem Trunk zur Übergabe?“, fragte Komrusch.

Mäßige Begeisterung der beiden, aber Komrusch ließ sich nicht abhalten und öffnete die Flasche Taittinger ohne Knall, wie es sich für einen so edlen Champagner gehörte.

Er goss ein, ohne dass etwas über den Rand lief, und dann standen wir mit den Gläsern in der Hand im Deckshaus und warteten darauf, dass jemand einen Spruch losließ. Als quälend lange nichts kam, wünschte ich das Übliche: die Handbreit Wasser unterm Kiel. Dann leerten wir die Gläser, Komrusch und ich, wie es sich gehörte, mit großen Zügen, die Ommenbach zögernd, noch zögernder Maanens.

„Willst du dir die *Robbe* nicht mal unter Deck ansehen?“, lud Maanens die Ommenbach ein und nickte mir zu, ihnen zu folgen.

Erst hier unten erwärmte sie sich für das Schiff, lobte das Holz mit den Intarsien, fand die Küche praktisch, fragte nach dem Sinn der Instrumente am Tisch des Navigators und lobte die Breite der Doppelkoje im Vorschiff, fand ein paar gute Worte auch für die Dusche: kurzum, eine Frau, die kein Gefühl für Schiffe hatte. Und mit der wollte Maanens nun segeln?

Wir stiegen nach oben, vernichteten den Rest des Taittingers, der mehr Kälte verdient hätte, und beobachteten weiter den Hafen. Der letzte Segler aus Neuharlingersiel, ein Kat mit dem sinnigen Namen *Doppel-Wacholder,* lief gerade ins Fahrwasser.

„Wir könnten einen Probeschlag machen“, schlug ich vor, „wir hätten etwa eine gute Stunde.“

„Und dann?“, fragte die Ommenbach.

„Dann läuft das Wasser gegen uns. Dann sind wir hier besser aufgehoben.“

„Ach so. Man kann also nicht jederzeit segeln?“

So begann ich eine Einführung in die Tatsachen von Tiden und Strömungen, von Wind, Tiefgang und der Kraft von Motoren.

Komrusch schwieg und auch Maanens warf nur ab und an ein paar Worte ein.

Die Ommenbach war ganz sicher noch nie gesegelt, aber an ihren Fragen spürte man wenigstens Interesse. Was mochte sie von Beruf sein, diese Frau mit den fragenden, neugierigen Augen? Ärztin?

„Das haben Sie uns damals auf dem ersten Törn nach Norwegen auch alles beigebracht, Skipper“, übernahm Maanens den Faden. „Ich erinnere mich noch genau, wie Sie uns praktische Navigation nach Kursen anderer Schiffe beibrachten. Wissen Sie noch, die Kutter aus Esbjerg?“

Und ob ich mich erinnerte. „Die liefen genau West auf das Tailend der Doggerbank zum Fischen. Also hatten wir eine brauchbare Breite.“

„Und der Verkehr aus dem Skagerrak gab uns die zweite Linie, wenn auch nicht ganz so präzise.“

Maanens hatte Recht. Wer aus der Ostsee kam, konnte hierhin oder dorthin laufen, nach Hull, nach London, nach Hamburg, was weiß ich.

„Aber wir hatten ungefähr ein Gefühl, wo wir waren, und der gekoppelte Schiffsort konnte durchaus stimmen. Und dann kam ja auch Oxö durch.“ Maanens lebte in der Erinnerung an die erste Reise auf. Seine Backen röteten sich, er hatte den Strohhut abgenommen und setzte sogar die Brille ab. „Und dann die Fahrt zwischen den Schären hindurch nach Lillesand unter Motor.“

Ich nickte und dachte daran, dass ich den Burschen damals erst mal beibringen musste, auch bei langsamer Fahrt präzise zu steuern und auf unserer Karte jedes Zeichen im Fahrwasser abzuhaken, das wir passierten.

„Und Sie machen das beruflich?“, meldete sich die Ommenbach. „Sie sind Seemann?“

„Ich war Kapitän. Jetzt lebe ich vom Verchartern meiner *Opa Reimer* und von anderen Aufträgen. Zum Beispiel dem Überführen von Yachten. Manchmal arbeite ich auch für Versicherungen, wenn die Gutachten oder Nachforschungen brauchen, bei denen mein Sachverstand gefragt ist.“

„Und wie finden Sie die *Robbe*, Skipper?“

„Sie ist die beste Yacht, die ich je gesegelt habe!“

„Ihre eigene eingeschlossen?“

Die Frage hatte ich längst erwartet. Auf dem Törn von Enkhuizen nach Spiekeroog hatte ich darüber immer wieder nachgedacht. Ja, die *Opa Reimer* war ein gutes Schiff, wer Seemannschaft lernen wollte oder traditionelle Boote liebte, konnte kaum etwas Handigeres, also Besseres finden.

Moderner und bequemer war die *Robbe*. Eine ganz andere Klasse, die ich mir nie würde leisten können. Aber wenn ich das Geld hätte, wäre eine Puffin 42 wohl genau auf mich zugeschnitten. Bequemlichkeit ist nicht zu unterschätzen.

„Ja“, sagte ich, „wenn ich das Geld hätte, würde ich eine Puffin wie diese kaufen.“

„Und Ihre *Opa Reimer* verkaufen?“

„Das müsste ich nicht. Ich könnte den lovers of old ships die *Opa Reimer* anbieten, allen anderen eine Puffin. Und einen Freund als zweiten Skipper einsetzen.“

„Herrn Komrusch?“

Direkt angesprochen, schüttelte Komrusch den Kopf. „Nee, ich bin da wohl ein bisschen zu alt, um selber noch ein Schiff auf langen Törns zu führen. Aber ich bin gern dabei, wie jetzt.“

„Und woher kommt der Name Ihrer Yacht – *Opa Reimer*?“ Die Ommenbach blieb neugierig.

„Sie heißt nach meinem Großvater, dem ich viel zu verdanken habe. *Opa Reimer* war ein großer Mann in meinem Leben.“

„Und was verdanken Sie ihm?“, wollte Maanens wissen.

„Alle Grundlagen und den Start“, sagte ich. „Vermutlich haben Sie auch jemanden, der Ihnen damals den Kick gab und Sie auf den richtigen Kurs brachte.“

Die Ommenbach schaute jetzt mit unverhohlener Neugier zu Maanens hinüber.

„Ja, den habe ich. Und seltsamerweise war es auch mein Großvater.“

„Weil die Väter im Krieg waren?“, fragte sie.

„Vermutlich.“

Ich nickte zu Maanens’ Antwort.

Das Hafenwasser gehörte jetzt drei Surfern, ganz geschickten jungen Kerlen, die in ihren schwarz glänzenden Anzügen dicht vor der Fähre wendeten und zurück zu den Stegen glitten.

Nur wenige Kurgäste schlenderten durch den Hafen. Es war Badezeit und da war vermutlich am Strand auf der Seeseite der Insel Hochbetrieb.

Und dann hörten wir Hufgetrappel, das Schlagen von Eisen auf Pflaster. Von zwei schwarzen Pferden gezogen, rollte ein geschlossener Wagen zum Hafen. Es hätte ein Bäckerwagen aus alten Zeiten sein können. Unbestimmbare Farbe, eher dunkel als hell, keine Schrift. Zwei Mann auf dem Bock.

Ich holte mir das Fernglas von unten.

Der die Leinen in der Hand hielt, war Berenz, der Bestatter, immer noch im dunklen Anzug mit schwarzer Krawatte und schwarzem Hut. Neben ihm ein jüngerer Mann, auch in Anzug.

Und hinter dem Wagen vier Radfahrer, ebenfalls dunkel gekleidet.

Ich ahnte, was sie vorhatten.

Jetzt, da kaum Gäste im Hafen waren, war die beste Gelegenheit, den Sarg mit dem toten Russen auf die Fähre zu bringen. Wie Blomenbusch gesagt hatte, ist der Tod kein Urlaubsthema.

Der Wagen drehte auf die Fähre zu und dann deckten die Aufbauten ihn ab.

Auch die Radler verschwanden aus meinem Blick.

„Der Russe?“, fragte Komrusch.

Ich nickte. Theoretisch hätte es natürlich auch ein Kurgast sein können, aber den hätten sicher Freunde und Verwandte auf die *Spiekeroog* begleitet. Der Russe hatte hier keine Freunde gehabt.

„Ein Russe?“ Die Ommenbach setzte die Brille wieder auf. Die neugierigen Augen verschwanden hinter verspiegeltem Glas.

„Hier ist heute Nacht einer gestorben und den bringen sie jetzt auf die Fähre“, sagte Komrusch. „Muss ja nicht jeder sehen.“

„Und woher wissen Sie davon?“, fragte Maanens.

„Ich war doch dabei, als er zusammenbrach. Und dann hat ja wohl Frau Kassner den Arzt gerufen.“

Maanens nickte nur. „Und jetzt bringen sie ihn an Land.“

Komrusch bestätigte es. „Na, sie werden ihn wohl nach St. Petersburg überführen, denk ich mal. Der Bestatter hier hat sicher mit dem Konsulat alles geregelt.“

„St. Petersburg? Woher wissen Sie denn das?" Maanens rückte seine Brille zurecht.

„Der Blomenbusch weiß so was. Der Russe ist im *Kronenhof* abgestiegen und hat seinen Pass vorgelegt, wie jeder Gast. Also nichts Besonderes."

Maanens nickte und schwieg.

Die Ommenbach hatte sich erhoben, setzte sich aber wieder, als sie auch im Stehen nicht sehen konnte, was hinter der Fähre geschah. Vermutlich trugen die sechs Männer den Sarg jetzt an Deck und in einen Container, der ihn bis Neuharlingersiel vor fremden Blicken schützte.

Mich wunderte, dass die beiden nichts Näheres über den Toten wissen wollten. Kein Interesse oder zu gut erzogen? Endet Neugier da, wo der Mensch gestorben ist?

Dann hörten wir Pferdegetrappel und die Kavalkade von eben rollte aus dem Hafen, die Radfahrer diesmal voran.

„Also kein Probeschlag heute?"

„Nein", entschied Maanens, „dafür reicht jetzt die Zeit nicht, wie Sie ganz richtig sagten. Ein andermal. Wir erwarten Sie heute zum Abendessen."

„Um neunzehn Uhr gibt es Drinks", lächelte die Ommenbach. „Seien Sie pünktlich, Frau Kassner wartet nicht gern. Sie finden hin?"

Als ich den Kopf schüttelte, beschrieb Maanens den Weg. Ich war gestern Abend dort vorbeigegangen, als ich mich aus dem Feiern am Hafen an den Strand gerettet hatte.

„Wir werden pünktlich sein."

Auch Komrusch nickte. „Wir freuen uns darauf."

Er sagte nicht, ob er das Essen oder Frau Kassner meinte.

Wir halfen den beiden von Bord.

„Sie kriegen dann auch Ihren Scheck, Skipper", sagte Maanens. „Sie bleiben noch eine Nacht an Bord, denke ich."

„Ja", sagte ich, „heute Abend läuft die Fähre aus, wenn wir gerade essen."

Sie gingen hintereinander den Steg entlang, Maanens voran. An der Gangway nach oben zur Hütte von Heinrich dem

Seefahrer blieb er stehen und gab der Ommenbach die Hand. Und oben gingen sie nebeneinander her, Hand in Hand, bis sie auf dem Weg ins Dorf verschwanden, ohne sich noch einmal umzusehen.

„Und die ist nun zum zweiten Mal da, diese Ommenbach. Im Herbst war es noch eine Benz, wie Blomenbusch sagte. Wenn die Männer älter werden, werden die Freundinnen jünger. Aber die da war noch nie auf einer Yacht. Was das wohl bringen wird, die beiden und die *Robbe*?“ Endlich konnte sich Komrusch eine Zigarre anzünden und sah genüsslich dem Rauch nach.

„Na ja, mit den immer jünger werdenden Freundinnen stimmt das vielleicht. Wie alt ist die Ommenbach? Ich schätze sie auf Ende dreißig, Anfang vierzig.“

„Ich auch. Sie wird gut zwanzig Jahr jünger sein als Maanens. Die Benz war bestimmt sehr viel älter als die Neue, da hast du sicher Recht.“

Die Surfer waren unermüdlich. Am Strand über dem Schlick neben den Stegen riggten zwei Jungen einen *Optimisten* auf. Neben ihnen lagen Schwimmwesten. Heinrich der Seefahrer sorgte in seinem Hafen für Ordnung. Niemand durfte aufs Wasser, ohne gesichert zu sein.

Wir hatten noch zwei Stunden Zeit bis zum Abendessen.

Ich entschloss mich, die Beine hochzulegen und eine Runde zu pennen. Die Plicht war groß genug. Komrusch folgte meinem Beispiel und sah auf dem Rücken liegend, den Kopf auf der Mütze, dem Rauch seiner Zigarre nach.

In der leichten Brise wiegten sich Möwen in der Nachmittagssonne. Und ganz weit weg hörte ich einen Kiebitz pfeifen.

Was für ein friedlicher Tag.

Zweihundert Meter entfernt stand in einem Container auf der Fähre der Sarg mit dem toten Russen.

Was ging er uns an!

Fünf

Um Viertel vor sieben liefen Komrusch und ich den breiten Weg vom Hafen ins Dorf hoch. Spiekeroog war von allen Inseln immer noch die gemütlichste – ohne Autos und ohne Fahrradverleih. Seit einiger Zeit hatte man das Dorfzentrum und andere Wege auch für private Fahrräder gesperrt.

Dennoch beschlossen wir außen rum zu Maanens' Haus zu gehen, dem kleinen Deich am Westergroen und der Ruhezone folgend.

In den Prielen lief das Wasser ab. Über dem flachen Grün tummelten sich Möwen und Seeschwalben. Der Wind war schwächer geworden, der Himmel immer noch klar. Diese Stunde nutzten viele Gäste auf dem Weg vor und hinter uns zu einem letzten Sonntagsspaziergang, vor allem sehr junge Familien, ich zählte sieben Kinderwagen vor uns und drei hinter uns. Spiekeroog war die Familieninsel geblieben. Ich vermutete, dass sich in der Hochsaison auch Familien mit älteren Kindern hier einfinden würden.

Die Franzosenschanze, die Batteriedünen, war nur zu erkennen, wenn man wusste, wo sie lag, Spiekeroogs Erinnerung an die Weltgeschichte vor fast zweihundert Jahren. Ortsfremde hatten dort im Namen von französischem Kaiser gegen englischen König aufeinander geschossen. Irgendwo gab es auch noch Gräber, in die in den dreißiger Jahren zwei englische Gefallene umgebettet worden waren. An ihre Gegner, die französischen Besatzer aus Napoleons Tagen, erinnerte nichts mehr.

Wir überquerten die Pferdebahn, um diese Zeit schon nicht mehr in Betrieb. Bis sieben Beaufort sollte sie verkehren. Wir stellten uns vor, der Wind käme mit 20 Knoten aus Nord oder Süd. Dann noch fahren? Wir hatten Zweifel.

Maanens' Haus war dank seiner präzisen Beschreibung gut zu finden. Es lag reetgedeckt hinter dichten Hecken. Die schmiedeeiserne Tür öffnete sich nach Klingeln, der Weg zum Haus war geklinkert.

Den gepflegten Blumengarten betreute sicherlich jemand das ganze Jahr über im ewigen Kampf gegen den Treibsand.

Maanens stand in der Tür. „Willkommen."

Mit seinem tief gezogenen Dach sah das Haus kleiner aus, als es war. Ich erinnerte mich nicht, dass hier mal etwas gestanden hatte, das Maanens übernommen und ausgebaut hatte. Das Ganze sah nach Neubau aus. Aber der Architekt hatte das Gefühl unserer Vorfahren für das Verhältnis von Dach zu Wand, von Fläche zu Fenster bewahrt.

Das Dach lag wie eine wärmende Haube auf den Ziegelmauern. Das Reet war zum Dorf hin nur einmal mit einem flachen halbovalen Fenster durchbrochen. Die Fenster unten waren klein und durch Sprossen geteilt. Ganz offensichtlich hatte Maanens Geschmack, wie schon der Kauf der Puffin bewiesen hatte. Und das nötige Geld.

Wir hingen unsere Jacken in die Flurgarderobe. Eine Uhr schlug irgendwo sieben Mal.

„Frau Kassner bittet noch um etwas Geduld. Ich zeige Ihnen mal eben unser Haus, Skipper."

Er führte Komrusch und mich zuerst eine breite Holztreppe nach oben und öffnete eine Tür – am weitesten von der Treppe entfernt. „Hier ist mein Refugium. Treten Sie ein."

Maanens ging voraus und bat uns ans Fenster. Wir liefen über einen weichen weißen Teppich. Helles Licht blendete uns.

Ich legte die Hand über die Augen und sah über einen Dünenrücken und den glänzenden Strand auf das tiefe Blau der See.

„Wenn ich hier sitze, ist die Welt in Ordnung", sagte Maanens.

Komrusch nickte. „Ich schätze, Sie sehen auch im Winter die Sonne von hier aus untergehen."

„Genau deswegen habe ich dieses Haus hier bauen lassen. Und dort drüben kann ich die Sonne aufgehen sehen – hinter dem Ort.“

Wir schwiegen eine Weile, der Blick verlangte Stille, ich verfolgte den Schatten eines Containerschiffs, das auf der Kimm nach Osten lief. Mit dem Glas, das am Fenstergriff hing, würde Maanens das Schiff dicht heranholen können.

Ich fand mit bloßem Auge die Schillbalje und die Tonnen im Fahrwasser.

„Wenn Sie wollen“, schlug ich vor, „könnten wir morgen gemeinsam noch einen Probeschlag machen. Entweder ganz früh oder am Nachmittag laufen wir aus. Was ist Ihnen lieber?“

„Eher früh. Wenn, dann sollten wir genügend Zeit draußen auf dem Wasser verbringen. Lassen Sie uns das beim Essen besprechen.“

Der Raum wurde von einem Kamin beherrscht, der ganz offensichtlich auch benutzt wurde. Zwei Sessel davor mit hohen Rücken und geschlossenen Seiten.

Ein Stehpult. Bücher in einfachen offenen Regalen, die bis zur Decke reichten.

Ein einziges Bild – in verschnörkeltem Goldrahmen. Es hing, von einer Lampe beleuchtet, über dem Kamin.

Ich trat näher und sah es mir genauer an.

Der Kopf eines Mannes vor einem unklaren Hintergrund. Halblanges Haar, ein kräftiger, in der Mitte geteilter Schnurrbart, ein energisches Kinn, weiße Halsbinde. Entschiedener Blick. Ich war mir nicht sicher, ob ich einen ähnlichen Kopf schon mal irgendwo gesehen hatte. Pastellmalerei, sehr leuchtende, angenehme Farben. Der Rahmen war für mein Gefühl etwas zu wuchtig.

„Ich mag das Gesicht. Es hat so etwas Forderndes.“

Komrusch schien wenig beeindruckt. „Kennt man den Maler?“

„Die Malerin“, antwortete Maanens. „Rosalba Carriera.“

„Und wer ist der Mann da?“, wollte Komrusch wissen.

„Kommen Sie, wir gehen nach unten auf einen Drink vor dem Essen. Der Mann da ist ein gewisser Peter, Peter I., der Große, Zar von Russland, Gründer von Sankt Petersburg."

Ich schlug mir vor die Stirn. Ich hätte es wissen sollen, ich hatte den Kopf auf einem Bild bei meiner Reise in Sankt Petersburg gesehen – in der Eremitage. Oder war es ein anderes Museum gewesen?

„Gehen wir."

Maanens knipste die Lampe über dem Bild aus und schloss die Tür hinter uns. Auf dem Flur begrüßte uns Charlotte Ommenbach in einer weißen Bluse. „Ich habe hier oben auch mein Refugium. Mein Atelier, nach Norden zu. Ich seh immer nur die See."

Wir gingen nach unten.

„Ich hoffe, Sie haben viel Appetit mitgebracht. Frau Kassner ist eine berühmte Köchin."

Und das war sie in der Tat. Sie hatte offenbar auch Zugang zu Maanens' Weindepot, das sich hinter der Speisekammer verbarg. Maanens' Haus besaß, wie die meisten Inselhäuser, keinen Keller. Er verriet uns beim Champagner, dass das Dach seines Hauses als Schwimmdach angelegt war. Sollte jemals eine Flut die Insel unter Wasser setzen, würde das Dach des Maanenschen Hauses aufschwimmen, ein Rettungsfloß für Flüchtende darstellen. Die letzte Flut, die bis ins Dorfinnere gelaufen war, lag gar nicht so lange zurück. Aber Landunter war wohl kaum zu erwarten.

Maanens schenkte Champagner nach, trank aber selber nur sehr zögernd. Komrusch und ich taten dem Veuve Cliquot die Ehre an, die er verdiente.

Frau Kassner bediente, hatte für sich keinen Platz gedeckt. So übernahm Charlotte Ommenbach die Regie und Maanens die Aufgabe des Mundschenks.

Der Rucola, den sie mit winzigen Kirschtomaten zum Auftakt servierte, musste wohl mit der letzten Fähre auf die Insel gekommen sein, so frisch war er. Und alt der Käse, den sie auf die Teller gespant hatte. Balsamico und Olivenöl hatten sich geeinigt, auf unseren Gaumen ein Fest zu feiern.

Ähnlich gut ging es uns bei den Garneelenschwänzen. Der Knoblauch meldete sich gerade so stark, dass der kühle, weiße Wein von der Charente, der auf Hefe gereift war, noch den Sommer seiner Ernte ahnen ließ und den Meeresgeschmack nicht übertönte.

„Donnerwetter", sagte ich, „Herr Maanens, woher beziehen Sie Ihren Wein?"

„Ich lasse ihn mir aus Frankfurt schicken. Da habe ich einen sehr verlässlichen Händler in der Innenstadt."

Der mit seinen Rotweinen offensichtlich noch mehr Ehre einlegen konnte.

Zu Rinderfilet und grünen Böhnchen, die krosser Speck wie eine Garbe zusammenhielt, gab es eine Soße, ganz sicher aus demselben Wein, der auch auf dem Tisch stand, ein Château Margaux von 1978.

Maanens hielt sich auch hier zurück, umso großzügiger schenkte er uns beiden ein. Charlotte Ommenbach trank ein einziges Glas, das ihr bis zum Käse reichte.

Wir ließen uns noch auf einen Mokka ein und einen Cognac aus einer Karaffe. Er musste uralt sein.

Du lieber Mann, wie schön, wenn jemand Geld mit Kultur verbindet.

Die junge Frau schwieg, wenn Maanens und ich Geschichten von der gemeinsamen Reise nach Norwegen austauschten.

„Damals", sagte er, „hat alles angefangen. Und seitdem habe ich immer mal wieder gesegelt. In vielen Teilen der Welt. Und jetzt will ich´s hier tun – mit einer eigenen Yacht."

„Und Frau Ommenbach ist mit von der Partie?"

Sie antwortete mit einem Lächeln, hinter dem sich alles verbergen konnte.

„Die *Robbe* ist eine wunderbare Yacht", sagte ich. „Um die ich Sie beneide, Herr Maanens."

„Und ich dachte, für Sie gibt es nur die *Opa Reimer*."

„Tut es auch“, sagte ich, „bleiben wir mit den Füßen auf den eigenen Planken.“

Komrusch hatte lange nur zugehört, hatte ab und an mal in Richtung Küche geschaut, aber die Kassner ließ sich außer zum Auf- und Abtragen nicht sehen.

„Wie kommen Sie gerade zu so einem Bild da oben?“, fragte er plötzlich. „Hier unten haben Sie doch sehr viel modernere.“

In der Tat, das einzige alte Bild hing oben, hier unten schmückten moderne Bilder die Wände, reflektionsfreies Glas, gerade Rahmen. Ein riesiges Indianergesicht sah uns von der Wand des Flurs aus an.

„Charlotte, Frau Ommenbach, ist für die Bildauswahl zuständig“, sagte Maanens. Er leerte ein Glas Wasser. „Bis auf das Bild da oben. Das habe ich entschieden.“

„Na, dann geht die Frage an Sie.“ Komrusch lächelte sie gewinnend an.

Und so erfuhren wir, dass Charlotte Ommenbach erst zu Weihnachten Bilder aufgehängt hatte. Das Haus hatte bis auf das Bild oben über dem Kamin bis dahin nur leere Wände gehabt.

„Sind Sie einschlägig vorbelastet?“, wollte ich wissen. „Befassen Sie sich mit Kunst?“

„Frau Ommenbach ist eine ausgebildete Malerin“, sagte Maanens. „Man kennt sie.“

Charlotte Ommenbach hob die Schultern, ließ sie fallen, sah zu Maanens am anderen Ende des Tisches hinüber und lächelte wieder. „Du übertreibst. Der eine oder andere findet Gefallen an meinen Arbeiten.“

„Aber Kennerin sind Sie jedenfalls, wie man hier sieht.“

„Ich mag Bilder, ja, das stimmt.“

Komrusch hatte sich seine Zigarre nach dem Essen verkniffen, aber seine Neugier behalten. „Und warum haben Sie da oben ein Bild vom Zaren? Was hat Sie daran gereizt?“

Maanens gab die Antwort. „Das hängt mit meiner Familie zusammen. Frau Ommenbach hat damit weniger zu tun.“

„Erzählen Sie", forderte ich ihn auf. Ich hatte weder bei ihm noch bei der Ommenbach Zeichen von Müdigkeit entdeckt. Sie waren es offenbar gewöhnt, lange bei Tisch sitzen zu bleiben.

„Meine Familie stammt aus St. Petersburg."

„Sie sind Russe?", unterbrach Komrusch ihn sofort. „Das hätte ich nicht gedacht!"

„Nein, nein. Meine Familie ging nach Russland. Und zwar aus Frankfurt am Main. Zar Nikolaus I. suchte im neunzehnten Jahrhundert jemanden, der in Sankt Petersburg eine Fabrik einrichten sollte. Für chirurgische Instrumente. Meine Urgroßvater war dafür der richtige Mann."

„Aber das ist doch ein Bild von Peter dem Großen, nicht von Nikolaus." Komrusch deutete mit dem Finger zur Zimmerdecke.

Maanens rieb sich die Nasenspitze, die Ommenbach schenkte Kaffee nach und versorgte uns zwei Gäste weiter mit Cognac.

Als Komrusch endlich aufhörte, Fragen zu stellen, redete Maanens aus eigenem Antrieb und wir erlebten hundertfünfzig Jahre russische Geschichte aus der Perspektive der Maanens'.

Nikolaus I., Zar aller Reussen von 1825 bis 1855, holte Deutsche nach Petersburg. Sie verließen es wieder, als ein anderer Nikolaus, Nikolaus II., 1917 abdankte. Die Maanens halfen den Zaren, ihre Armeen und Lazarette mit chirurgischen Instrumenten auszurüsten. Die erste große Bewährung war der Krimkrieg, Sebastian Maanens wurde danach wegen seiner Verdienste um das russische Reich geadelt.

„Sie sind also ein von Maanens." Komrusch zeigte sich beeindruckt.

„Seit 1917 nicht mehr."

Die Familie war im ersten Weltkrieg von den Sowjets in St. Petersburg interniert worden und kehrte nach Umwegen über Finnland und Norwegen 1922 nach Frankfurt zurück – mitten in die dickste Wirtschaftskrise hinein. Es gab noch Verwandte am Main, die in Frankfurt Grund und Boden besaßen.

„Die haben uns aufgenommen", erklärte Maanens.

Ich vermutete, dass darin der Ursprung von Maanens' Reichtum lag.

Er selber wurde 1932 in Frankfurt am Main geboren. „Und da lebe ich nun – mit der russischen Vergangenheit der Familie."

„Und wegen Petersburg also das Zarenbild?" Komrusch wollte es wieder ganz genau wissen.

„Ja, er war immerhin der Stadtgründer. Aber fragen Sie Frau Ommenbach."

Die hielt sich sehr zurück in ihrem Bericht. Es gäbe reichlich Porträts von Peter dem Großen. Das da oben sei eine Seltenheit, weil nämlich eine Frau ihn porträtiert habe. Und zwar, als er quasi incognito in Holland lebte.

„Ich weiß, Zar und Zimmermann." Komrusch strahlte. Wir hatten in der Tat mal zusammen Zaandam besucht, heute ein Vorort von Amsterdam. Das Häuschen, in dem der Zar 1697 eine Woche im August gelebt hatte, ist heute noch zu besichtigen.

„Und warum ist das ein außergewöhnliches Bild?", wollte ich wissen.

„Weil es von einer ungewöhnlichen Frau gemalt wurde, einer Venezianerin, Rosalba Carriera, falls der Name Ihnen etwas sagt."

Den Namen hatte ich noch nie gehört. Aber die Ommenbach teilte ihr Wissen mit uns.

Rosalba Carriera war die berühmteste Porträtmalerin ihrer Zeit. Sie reiste viel. Die meisten ihrer Arbeiten kann man exakt datieren und lokalisieren. Aber dass sie in Holland war, werde von vielen Sachverständigen bezweifelt.

„Aber das Zarenporträt ist sicher von ihr. Es wird in der entsprechenden Literatur gleich an zwei Stellen erwähnt. Das reicht. Das Bild zeigt den jungen Peter in Holland. Man kann das Trockendock von Zaandam im Hintergrund ausmachen, wo er damals gearbeitet hat. Manche meinen, es sei später gemalt worden – sozusagen aus der Erinnerung. Die Rosalba habe den Zaren entsprechend verjüngt und vor den Hintergrund gestellt. Wie auch immer, es ist eine echte Rosalba-Carriera-Arbeit. Sie war, als sie das Porträt malte, 22 Jahre alt, wenn es in Zaandam entstanden ist."

„Und wie kamen Sie zu dem Bild, wenn es dem Zaren gehörte?"

Die Ommenbach lud Maanens zum Reden ein: „Nun erzähl auch noch den Rest."

„Mein Großvater hat dem letzten Zaren einen Arzt vermittelt, einen Spezialisten für die Bluterkrankheit", sagte Maanens. „Sie wissen, der Zarewitsch war ein Bluter. Die Sowjets haben die Familie damals erschossen. Der Arzt verschwand irgendwo in den Weiten Sibiriens mit den weißen Garden. So wird man nie wissen, ob er dem Zarewitsch hat helfen können."

Pause. Selbst Komrusch schwieg, obwohl der Cognac ihn angriffslustig gemacht hatte.

„Nun, wie auch immer. Der Zar pflegte sich großzügig zu bedanken. Und so kam aus dem Privatbesitz der Romanows dieses Bild da oben an meinen Großvater, als Dank für die Vermittlung eines Arztes, zwei Jahre bevor die Zarenfamilie erschossen wurde."

„Und Ihr Großvater hat es natürlich mitgenommen und nicht den Sowjets überlassen."

Komrusch klang erregt.

„Genauso war es. Und nun hängt es hier."

Plötzlich gab es nichts mehr zu erzählen. Wir saßen nach Ausflügen nach Sankt Petersburg und Zaandam wieder auf Spiekeroog und leerten das letzte Glas Cognac an diesem Abend.

Beim Verabschieden musste Komrusch doch noch mal ein neues Thema ansprechen. „Sie wissen, dass der Russe, der hier auf Spiekeroog gestorben ist, aus Sankt Petersburg stammt."

Die Ommenbach und Maanens sahen sich an.

Sie schwieg.

„Sankt Petersburg hat heute ein paar Millionen Einwohner, da kann schon mal einer auch nach Spiekeroog kommen", sagte Maanens gelassen. „Zumal manche Russen verdammt viel Geld haben nach der Perestroika und danach suchen, es anzulegen, oder es mit vollen Händen ausgeben wollen."

„Davon hört man", sagte ich. „Der Tod des Russen auf Spiekeroog ist auch wohl eher ein Zufall als eine Geschichte. Wir danken für ein wundervolles Essen. Und sehen uns morgen um zehn auf der *Robbe*."

Maanens sah Charlotte Ommenbach um Zustimmung bittend an. Sie nickte mit schräg geneigtem Kopf.

„Also ja. Die Tide schiebt uns dann noch nach draußen."

„Danken Sie bitte noch mal Frau Kassner. Sie ist wirklich eine phantastische Köchin", sagte ich beim Rausgehen.

„Ja, das ist sie. Dabei darf sie gar nicht mal alles essen, was sie kocht. Sie hat Zucker, aber diese Krankheit hat man ja heute ganz gut unter Kontrolle."

Maanens gab uns die Hand.

Komrusch und ich wanderten über die Wiesen zum Hafen zurück. Mittlerer Abend, wir schienen zu schweben. So gut gegessen hatten wir selten. Und noch seltener so viel Gutes zwischen neunzehn und zweiundzwanzig Uhr dreißig getrunken.

Es roch nach Salz und Rauch vom Dorf her, vermutlich würde es morgen kräftiger wehen als heute. Uns sollte das recht sein, wir wollten schließlich wissen, wie gut die *Robbe* wirklich war.

„Die Kassner kann nicht nur gut kochen, sie ist auch sonst ganz knackig." Komrusch hatte endlich seine Zigarre entzündet und spazierte zufrieden neben mir her.

„Was hast du vor, Komrusch?"

„Man wird sehen", sagte er. „Vielleicht geh ich da mal ein bisschen längsseits."

„Wieso rechnest du dir Chancen aus?", wollte ich wissen.

„Na, ich mein, so wie sie mich immer mal angeschaut hat. Das merkt man doch."

„Ich habe nichts gemerkt.“

„Na, du hast ja nur Augen für die Ommenbach gehabt. Aber bei der wirst du nichts.“

„Das habe ich auch nicht vor. Ich finde nur, sie ist eine interessante Frau.“

„Auch wenn sie wenig sagt?“

„Aber das, was sie sagt, ist doch ganz interessant gewesen.“

„Ist sie seine Olsch?“

Die Frage konnte ich nicht beantworten. Maanens hatte immer nur von Charlotte oder von Frau Ommenbach gesprochen, sie nie als seine Frau bezeichnet. Und auch nicht modisch als Lebensgefährtin.

„Ist eigentlich auch egal. Wir könnten ja mal Blomenbusch fragen, oder du kriegst es bei der Kassner raus“, sagte ich. „Bei einem Mann seines Zuschnitts würde ich mich nicht wundern, wenn er beides hätte: in Frankfurt eine Frau und auf der Insel eine Geliebte.“

Sechs

Das Tuckern der Fähre und der Schwall im Hafenbecken weckte uns, die *Robbe* ruckte an ihren Festmachern. Der Rotwein von gestern Abend hatte uns einen guten Nachtschlaf geschenkt. Ich sah auf die Uhr. In einer Stunde wollten Ommenbach und Maanens an Bord sein. Wie konnten wir bloß verpennen! Aber wer trinkt auch schon reichlich vom Chateau Margaux 1978?

Komrusch kam mir aus der Dusche entgegen, frisch rasiert und freundlich lächelnd. Er kümmerte sich um den Tee, während ich mich abseifte und dann die Dusche säuberte, bis sie aussah, als sei sie noch nie benutzt worden. Es wurde wirklich Zeit, dass Maanens die *Robbe* in Besitz nahm. Die Puffin wartete nur darauf, wie eine Prinzessin geweckt zu werden.

Doch statt des Prinzen sahen wir, den Teebecher in der Hand, die Kassner über die Pier kommen. Sie trug eine Öljacke über dem Arm, ging an Heinrichs Bude vorbei den Steg hinunter und auf die *Robbe* zu.

„Dein großer Tag, Komrusch“, sagte ich.

Er reichte ihr die Hand und zog sie an Bord, fing sie auf, als sie sich mit dem Fuß an der Reling verhakte.

Ihr Gruß klang fröhlich. Sie zupfte das Kopftuch zurecht.

Einen Becher Tee nahm sie gern entgegen, ließ Sahne hineintropfen, doch verzichtete auf Zucker.

„Wir haben leider keinen Süßstoff an Bord.“

„Das macht nichts. Ich lebe ganz gut ohne Süße in Kaffee und Tee.“

„Sie müssen auf Ihren Blutzucker achten?“

„Ja, ich habe Zucker, aber damit kann man heute gut leben.“

Ich schaute auf die Pier, auf den Steg.

Die Möwen hatten den Tag begonnen. Über den Wiesen wirbelten Austernfischer. Seeschwalben flitzten ihre Kurse ab,

Heinrich der Seefahrer hakte oben die Tür zu seiner Bude fest, aus einem Boot zwei Boxen weiter hörten wir Kinderweinen. Der Wind stand gut. Das Läuten der Fallen an den Masten kündigte einen Tag an, der das Seglerherz erfreuen würde.

„Wann kommen Herr Maanens und Frau Ommenbach?", wollte ich mit einem Blick auf die Uhr wissen. Wenn wir den Tag gut nutzen wollten, sollten wir spätestens in dreißig Minuten ablegen.

„Die soll ich entschuldigen. Die sind beide mit der Fähre nach Neuharlingersiel. Sie müssen nach Buchschlag zurück. Ganz dringend. Es ist was passiert."

„Was Ernstes? Ist er nicht gesund?"

Ich erinnerte mich, Maanens hatte noch keine Urlaubsbräune angelegt. Er sah bleich aus, schien mir sehr kurzatmig und hatte definitiv für seine Größe etwas zu viel Gewicht. In seinem Alter konnte sich daraus schon ein plötzliches Wehweh entwickeln, das den vertrauten Arzt erforderte.

„Nein, nix mit Gesundheit und so. Nein, bei uns in Buchschlag ist eingebrochen worden."

„Ach du meine Güte", sagte Komrusch nur.

„Was wurde denn gestohlen?", wollte ich wissen.

„Das wissen wir noch nicht. Angerufen hat uns heute ganz früh der Mann, der sich um den Garten kümmert, ein gewisser Herr Edwin."

Ich hätte wahrscheinlich genauso wie Maanens gehandelt. Wenn Lisbeth mir in diesem Augenblick über das Handy gesagt hätte, dass in mein Haus in Bensersiel eingebrochen worden wäre, hätte ich sofort alles stehen und liegen lassen und wäre so schnell wie möglich nach Bensersiel geeilt.

Aber was sollte man bei mir stehlen? Nun ja, wer als Junkie zum Beispiel schnelles Geld brauchte, der würde den Fernseher mitnehmen, das Radio, die Funkgeräte, vielleicht ein paar der alten Bücher, das handbemalte Teegeschirr, die Zinkkannen, das Silberset – oh ja, selbst bei mir würde einiges den schnellen Bruch lohnen. Wenn schon bei mir, dann erst recht bei Maanens, dem reichen Immobilienmann aus Frankfurt.

„Er wohnt also bei Frankfurt in einer Villa?“

„Ja, in Buchschlag. Richtung Darmstadt, nicht weit weg vom Flughafen. Da hat er vor vielen Jahren eine Villa gekauft.“

Komrusch räusperte sich. „Also sie kommen nicht. Wollen Sie denn mit uns mal raus, Frau Kassner? Denn dann sollten wir jetzt ablegen. Wir haben ja draußen Zeit genug zum Reden.“

„Gern“, sagte sie, „ich würde gern mal mit Ihnen segeln. Und überhaupt heute bei Kaiserwetter!“

Komrusch strahlte und machte sich an die Arbeit. Ich startete den Motor. Er war kaum zu hören.

„Haben Sie einen bestimmten Wunsch? Wir haben immer noch Ostwind, der ein bisschen nach Süden drehen wird. Wir könnten außen rum nach Wangerooge laufen oder nach Langeoog, da Kaffee trinken oder Mittag essen und dann innen rum zurück. Oder wir laufen raus auf die Nordsee und sehen uns mal die dicken Pötte an. Helgoland könnten wir auch schaffen.“

„Was meinen Sie?“ Fragend sah sie zu Komrusch, der gerade die Springs aufschoss.

„Helgoland, wenn’s nach mir ginge, Frau Kassner.“

Und so entschied sie dann auch.

„Sind Sie schon öfter auf See gewesen oder fangen Sie erst an?“, wollte ich wissen.

Sie zog das Kopftuch fester.

„Auf so einem Segler war ich nur einmal. Aber auf Helgoland schon öfter.“

„Sollen wir Sie ein bisschen in die Geheimnisse des Segelns einweisen?“, fragte ich.

Sie nickte.

„Na, Komrusch, dann hast du ja zu tun. Er ist nämlich ein vorzüglicher Lehrer.“

Der grinste mir vom Mast her zu.

Wir legten unter Motor ab, drehten im leeren Hafen in den Wind und rollten Fock und Groß aus.

Und dann begann Komruschs große Stunde. Er machte aus mir den Rudergänger, der auf sein Kommando hört, und bat die Kassner neben sich ins Deckshaus.

Flirt verbunden mit Navigation kann sehr angenehm sein auch für den nicht aktiv Beteiligten.

Ich rief die Tonnen aus, die wir passierten, und sah, dass Frau Kassner sie mit dem Bleistift in der Seekarte abhakte.

Als die beiden in die Plicht zurückkehrten, lagen an Steuerbord die Süderdünen von Spiekeroog. Komrusch suchte sie mit dem Glas ab und gab es ihr dann.

„Das könnten das Dach und das Fenster von Ihrem Haus sein", sagte er, „das Fenster von Herrn Maanens' Zimmer."

Sie hatte Schwierigkeiten, mit dem Fernglas vor den Augen ihr Gleichgewicht zu halten, denn auch die *Robbe* nahm die Bewegungen der See auf, gelassener als meine *Opa Reimer*, aber auch an dieses Tänzeln musste man sich erst gewöhnen.

Komrusch konnte wieder seine Hilfe anbieten und stützte von hinten ihre Schultern und Arme.

„Ja, wirklich, das ist das Fenster von Herrn Maanens' Zimmer."

„Und niemand ist im Haus?"

Sie sah mich überrascht an.

„Warum sollte denn einer im Haus sein? Wir sind doch nicht bei Frankfurt mit seinen Ganoven. Auf Spiekeroog ist die Welt noch in Ordnung."

Das konnte man in der Tat sagen. Wer auf der Insel etwas Unerlaubtes tat, kam nicht weit. Am Hafen war für ihn die Welt zu Ende. Da brauchte der Inselpolizist nur zu warten. Jeder Mensch wurde mit Namen und Adresse registriert, wenn er sein Ferienquartier bezog. Wer geht schon in solch eine Umgebung, um zu stehlen?

Komrusch blieb in der Plicht und hörte mit Dozieren und Flirten auf, bis wir die Robbenplate hinter uns hatten, in der Otzumer Ee standen und den Kurs auf Helgoland absetzten.

Was jetzt kam, war Routine, Routine für mich.

Komrusch lief zu großer Fahrt auf.

Während ich die *Robbe* mit einer Hand am Rad auf Kurs hielt, erklärte er Frau Kassner die Segel, die Segelstellung, und half ihr ins Vorschiff und an den Mast.

Als sie in die Plicht zurückkehrten, nannte er sie mit Vornamen, Anna, blieb aber noch beim Sie. Sie hatte darauf verzichtet, ihn mit Herr anzureden. Wie die halbe Sandküste nannte sie meinen Freund einfach nur Komrusch, Komrusch und 'Sie'.

Er machte also Fortschritte. Und sie auch – zunächst in der Navigation.

„Sie müssten jetzt 15 Grad laufen, genau auf die Weser-Jade-Tonne zu."

„Das ist der Kurs über Grund. Aber ich muss etwas zugeben, weil der Wind uns ja immer nach Westen drücken will."

Sie schaute auf den Kompass.

„Ich verstehe. Darum schwankt die Nadel also zwischen 15 und 20 Grad."

„Richtig. Ich steuere die *Robbe* auf 18 Grad, aber die Wellen drücken uns mal auf 15 und dann wieder auf 20. Aber wir werden die Tonne voraus treffen. Wollen Sie mal ans Rad?"

Das war wieder Komruschs Stunde. Er zeigte ihr, wie man stehend steuert und sich nicht vom Kompass verrückt machen lässt, sondern auf Seegang und Wind achtet und auf den Stand der Segel.

„Ich kenn welche, die steuern ganz ohne Kompass, wenn der Wind durchsteht."

Nun begannen Komruschs Geschichten.

Anna Kassner hörte kaum zu, weil sie sich so auf das Steuern konzentrierte. Plötzlich war an ihrem Handgelenk ein leises Piepsen zu hören.

„Ist schon wieder so weit. Komrusch, gehen Sie wieder ans Rad. Ich muss mal eben nach unten. Die Spritze, wissen Sie."

Sie verschwand unter Deck, schloss die Tür am Niedergang.

„Macht sich gut", sagte Komrusch.

„Den Eindruck habe ich auch."

Sie war erstaunlich schnell wieder oben.

„Ist das nicht sehr lästig?“, wollte ich wissen. „Sich immer etwas zu spritzen. Gibt es da nicht schon was Bequemeres? Tabletten oder ein Depot unter der Haut?“

Sie schüttelte den Kopf.

„Bei meiner Version der Krankheit geht das nicht. Aber das hier ist das Bequemste, was wir haben.“

Sie holte aus der Tasche ihres Anoraks ein Etui, das eine Sonnenbrille enthalten könnte, und öffnete es. Ich sah etwas, das an einen Füller oder einen dicken Filzschreiber erinnerte. Silberfarben. Im Deckel des Etuis war Raum für Ampullen. Ich zählte drei.

„Ich muss eine Ampulle hier einsetzen und dann kann ich mich intramuskulär spritzen, also in jeden entsprechend dicken Muskel.“

„Also keine Spritze mehr mit langer Nadel und Kolben?“

„Die wäre ja viel zu umständlich. Nein, das macht man heute so.“

Sie klickte die Ampulle ein und setzte sich das Gerät auf den Oberschenkel.

„Wenn ich jetzt abdrücke, könnte ich mich notfalls sogar durch den Stoff spritzen. Aber das macht man nicht. Man findet ja überall ein Plätzchen, wo man ungesehen ist. Und nun habe ich erst mal wieder lange Ruhe.“

Sie zog die Ampulle ab und legte sie zusammen mit dem Injektor zurück in das Etui, klappte es zu und steckte es in die Tasche zurück.

Niemand sah ihr an, dass sie eine kranke Frau war, die sich regelmäßig Insulin spritzen musste.

Sie lächelte und bat Komrusch um das Fernglas.

„Die Boje müsste doch bald zu sehen sein.“

„Sie meinen die Tonne, Anna. Wenn Sie aufs Dach steigen, werden Sie sie wahrscheinlich schon ausmachen. Das ist dann unsere Halbwegmarke.“

Die *Robbe* war ein traumhaftes Schiff.

Wir hatten sie so gut getrimmt, dass sie fast ohne Ruderdruck lief.

Wie immer auf unseren Törns saßen Komrusch und ich uns gegenüber, hatten voraus und achtern im Blick und die jeweils andere Seite.

Anna Kassner stand am Ruder und hatte ganz offensichtlich Freude daran.

Nur das erste von den Dickschiffen, die uns überholten, beunruhigte sie.

Ich verschwand nach unten, um Tee zu brühen und ein paar Brote zu machen.

Wir hatten schlecht, also zu schnell gefrühstückt und wollten nicht bis Helgoland warten.

Ein Tag wie dieser ist fast der Himmel auf Erden. Halber Wind, vier Beaufort, wolkenloses Blau, die richtigen Leute an Bord – was will man mehr? Ich malte mir aus, wie ich mit der *Robbe* meine Gäste bewegte. Sehr viel bequemer als mit der *Opa Reimer*.

Irgendwann verschwanden die beiden nach unten an den Navigationsplatz.

Komrusch weihte Anna Kasser in die Geheimnisse des GPS ein.

„Herr Maanens und Frau Ommenbach versäumen wirklich was“, sagte ich, als Komrusch und die Kassner sich wieder zu mir setzten. „Die werden jetzt auf halber Strecke nach Frankfurt sein.“

„Sie fliegen von Bremen aus“, sagte die Kassner, „das hatten sie jedenfalls vor. Denn mit dem Auto braucht man gut einen halben Tag von hier oben.“

„Schade, Herr Maanens hätte sicher Spaß an diesem Törn. Und Frau Ommenbach bestimmt auch. Oder?“

Die Kassner antwortete schnell.

„Herr Maanens kann nicht genug kriegen vom Segeln. Aber bei Frau Ommenbach weiß ich es nicht.“

„Wie lange kennen sich die beiden denn schon?“

„Seit zwei Jahren.“

„Aber auf der Insel war sie noch nicht so häufig.“

„Nein. Vor Weihnachten das erste Mal.“

„Und wo bleibt Frau Maanens?“

Die Kassner lachte.

„Es gibt keine Frau Maanens. Herr Maanens ist nicht verheiratet.“

„Hat aber sicher immer wechselnde Begleitung.“ Komrusch grinste neugierig.

„Das dürfen Sie so nicht sagen. Er kennt Frau Ommenbach immerhin schon seit zwei Jahren.“

„Und davor?“

„Gab es Sabine Benz.“

Den Namen hatte Blomenbusch schon erwähnt. Benz, Maanens’ Begleiterin über Jahre.

„Und die gibt es nicht mehr?“

„Die beiden haben sich getrennt.“

„So was soll ja vorkommen“, sagte Komrusch. „Und nun ist eben die Ommenbach dran. Aber die mögen Sie nicht so sehr, Anna?“

Der geht aber ran, dachte ich.

„Frau Ommenbach ist die Gefährtin von Herrn Maanens. Herr Maanens ist mein Arbeitgeber. Mehr ist dazu nicht zu sagen. Ich arbeite für Herrn Maanens schon seit 15 Jahren.“

Damit hatte sie alle Fragen abgeblockt. Mir hätten die Antworten gereicht, aber Komrusch blieb hartnäckig. Offensichtlich interessierte Anna Kassner ihn so, dass er möglichst viel über sie herauskriegen wollte – von ihr selber.

„In Frankfurt?“

„In Buchschlag und hier. Ich führe seinen Haushalt.“

„Als gelernte Köchin?“

Sie lachte. „Nein, ich bin eine Haushaltspflegerin. Das konnte man in meiner Jugend noch auf einer Frauenschule lernen. Kochen gehört dazu. Darin habe ich mich aber später allein weiter gebildet.“

Über Maanens redeten wir ein zweites Mal, als wir am Hafen in Helgoland an einem kleinen Restauranttisch saßen und nach Rühreiern und Schinken wieder Tee tranken.

Neben uns sprachen Tagesgäste Russisch.

„Die trifft man jetzt häufiger“, sagte ich. „Auf Spiekeroog hat sich ja einer zu Tode gesoffen. Und die hier gehen dem Wodka auch gut zu Leibe.“

Anna Kassner setzte ihre Brille wieder auf und bückte sich zu den Plastiktüten, in denen wir unsere Flaschen deponiert hatten, die es auf Helgoland immer noch so günstig zu kaufen gab.

„Schön, wenn Leute endlich Geld haben und reisen können“, sagte sie.

„Spricht Maanens eigentlich Russisch?“, wollte ich wissen. „Oder hat er überhaupt keine Verbindungen mehr nach Russland?“

Sie neigte den Kopf ein bisschen, als wolle sie den Russen am Nebentisch zuhören. „Nein, er spricht kein Russisch. Und er hat auch keine Verbindungen mehr mit Russland. Er war mal da. Aber nur auf Urlaub.“

„Wie ich auch mal. Aber seine Familie stammt doch daher und ist dann nach Frankfurt zurückgekehrt?“

„Richtig. Weil man in Frankfurt Verwandte hatte. Und dann ist Helmut Maanens in den späten fünfziger Jahren ins Immobiliengeschäft eingestiegen.“

Und hatte offensichtlich die richtigen Verbindungen und eine glückliche Hand.

„Er hat ja tollen Erfolg gehabt“, sagte ich. „Eine Villa in Buchschlag, ein Haus auf Spiekeroog, die *Robbe* – das verdient man ja alles nicht so nebenher.“

„Sie können über ihn ja nachlesen. Die FAZ hat mal groß über ihn berichtet. Er ist in Frankfurt ein angesehener Mann. Er tut in ein paar Stiftungen Gutes. Aber müssen wir darüber reden? Ich arbeite gern für ihn – und er ist jetzt nicht da.“

„Und unverheiratet. Mit wechselnden Begleiterinnen. Was sagt denn die feine Gesellschaft in Frankfurt dazu?“ Komrusch blieb neugierig.

Die Kassner hielt mir ihr leeres Wasserglas hin. „So ist das ja nicht. Mit der Sabine Benz war er zwölf Jahre zusammen. Und Frau Ommenbach ist ja auch nicht irgendwer!“

„Sondern eine Malerin, die man wohl kennen muss."

Das Zögern der Kassner sagte mir alles.

„Ich lernte sie auch erst kennen, als Herr Maanens sie ins Haus brachte."

Die Spannung zwischen den beiden Frauen, die ich gespürt hatte, bestätigte sich.

„Und Frau Ommenbach malt immer noch?"

„Na ja", sagte die Kassner.

Die Russen am Nebentisch hatten gezahlt und gingen jetzt zur Pier, auf die eins der Boote zusteuerte, das die Passagiere zurück an Bord eines auf Reede ankernden Dampfers brachte.

„Im Augenblick kopiert sie das Bild vom Zaren!"

„Das Familienstück", sagte ich. „Das ist ja offenbar was ganz Interessantes."

„Kann man so sagen. Sie wissen, dass der Zar das Bild Herrn Maanens' Großvater geschenkt hat. Und der hat es mit nach Deutschland gebracht."

„Das habe ich gehört. Und so besitzt Helmut Maanens also ein doppelt wertvolles Gemälde: Eine berühmte Venezianerin hat es gemalt und der Zar hat es der Familie geschenkt."

„Lass uns man aufbrechen", schlug Komrusch vor. Er winkte einem jungen Mann zu und zahlte. Mit unseren Plastikbeuteln machten wir uns auf den Weg zum Bootshafen.

Dieser Teil Helgolands mit seinen Strömen von Touristen hatte mir noch nie gefallen. Eigentlich mochte ich die Insel überhaupt nur, weil ich hier seltene Spirituosen einigermaßen preiswert einkaufen konnte – noch einkaufen konnte. Denn es hieß immer wieder, die europäischen Kommissare wollten auch dieses Privileg abschaffen.

Die Russen stiegen kreischend in ihr Fährboot, das sie vom Helgoländer Hafen zu den Dampfern brachte, die draußen vor Anker lagen.

„Sagen Sie mal, Frau Kassner, die Frau Ommenbach malt eigene Bilder, aber hier kopiert sie das Zarenbildnis?"

„Ja, so ist es. Eigentlich ist es schon fertig. Sie hat ja ihr Zimmer neben dem Kaminzimmer. Ich sehe die Fortschritte, wenn ich im Haus aufräume. Das ist schon eine tolle Kopie. Also, die Frau Ommenbach kann jedenfalls malen. Sonst …“ Sie ließ den Satz unvollendet.

Die neue Lebensgefährtin und die alte Haushälterin hatten ihre Probleme miteinander. Das durfte eigentlich niemanden überraschen.

Der Weg zurück war länger als der hin.

Anna Kassner wurde es kühl, Komrusch hockte sich im Deckshaus zu ihr und ich hörte sie gelegentlich lachen.

Wir liefen um 20.15 Uhr in den Hafen von Spiekeroog.

„Ich mach klar Schiff“, schlug ich vor. „Du wirst sicher Frau Kassner nach Hause bringen.“

Sie hatte keine Anstalten gemacht, uns zum Essen einzuladen.

„Und wir treffen uns dann im *Kronenhof*, Komrusch.“

„Einverstanden.“

Die beiden stiegen an Land und verschwanden im goldroten Abend.

Sieben

Noch einmal strömte das Bier aus dem Hahn ins Glas. Schaum stieg weiß und fest über den Glasrand und ich spürte, wie unter meiner Zunge Geschmacksknospen erblühten. Ein herbes, kühles Pils, langsam gezapft, ist nach einem Tag auf See das Beste, was das Land zu bieten hat. Ich saß im *Kronenhof* an der Theke, an der eine freundliche Bedienerin mich betreute. Blomenbusch hatte sich wohl frei genommen, denn ich sah ihn nirgends. Sie schob mir das Glas hin – und da meldete sich mein Handy. VIP-Töne. Es war Komrusch.

„Komm bitte sofort in Maanens' Haus."

„Was ist denn los? Mein Bier werd ich doch wohl noch trinken dürfen."

„Komm schnell."

Mehr sagte er nicht. Ende des Gesprächs.

Eigentlich hatte er doch nur Anna Kassner nach Hause bringen und sich dann mit mir auf ein spätes Abendessen im *Kronenhof* treffen wollen.

Irgendwas musste passiert sein, wenn er mich rief.

Also zahlte ich, erfuhr, dass ich noch bis 22 Uhr ein warmes Essen und bis Mitternacht ein Butterbrot bekommen könnte, und machte mich auf den Weg zu Maanens' Haus.

Die Nächte wollten Anfang Juni nicht dunkel werden. Helligkeit hing immer noch im Westen über der Insel, die paar Laternen, die den Weg beleuchteten, schienen seltsam blass und unwirklich. Ich entdeckte einen einzigen Spaziergänger, einen Mann, der mit einer Abendzigarre den Anblick der Salzwiesen genoss, mich freundlich grüßte und dabei seinen Hut lüpfte.

„Wunderbares Licht", sagte er.

Ich hätte mich gern mit ihm unterhalten, die Zigarre roch sehr viel besser als Komruschs Stumpen. Aber wenn Komrusch mich so knapp am Telefon behandelte, brauchte er mich ganz dringend.

In den Dünen war der Weg dunkler, die Laternen hatten hier wirklich schon eine Aufgabe, Wärme waberte um mich herum.

Die Hecke, die Gartentür, der Weg, über der Tür von Maanens' Haus brannte ein Licht.

Komrusch öffnete, die Kassner saß am Esstisch, an dem wir gestern getafelt hatten.

„Es ist eingebrochen worden, Jungche."

Anna Kassner goss sich Mineralwasser in ein Glas. Sie sah bleich aus.

Komruschs Gesichtsausdruck konnte ich nicht deuten. Sehr erregt schien er nicht.

„Erzählen Sie", sagte ich und sah mich im Stehen um.

Alle Fenster geschlossen, kein Glas eingeschlagen. Auch die Haustür hatte keine Spuren von Gewalt gezeigt.

Ich deutete nach oben.

Komrusch schüttelte den Kopf.

Anna erhob sich.

„Da", sagte sie, „da, sehen Sie nur."

Sie zeigte auf das Zarenbildnis, das auf einem Stuhl so lehnte, dass es von der Seite her durch Tageslicht vom Fenster beleuchtet worden wäre. Jetzt fiel Licht von der Decke auf das Gesicht.

Mir fiel nichts auf.

„Was ist passiert? Das Bild ist doch noch da!"

Sie nickte. „Aber es stand hier heute Morgen nicht."

„Ja, und …"

Komrusch half mir, nicht allzu dämlich dazustehen.

„Heute Morgen hing das Bild oben im Arbeitszimmer von Herrn Maanens, über dem Kamin, wo wir es gestern gesehen haben. Und heute Abend steht es hier. Also wird es jemand von oben nach unten getragen haben."

„Richtig“, sagte ich.

„Und wer kann das gewesen sein? Frau Kassner war den ganzen Tag auf See!“, sagte Komrusch.

Ich setzte mich und wünschte mich in den *Kronenhof* in den Dunstkreis des Zapfhahns zurück.

„Es könnten Herr Maanens oder Frau Ommenbach gewesen sein,“ sagte ich.

„Die haben vor mir das Haus verlassen und sind mit der Fähre nach Neuharlingersiel gefahren. Und sie sind nicht zurückgekommen. Sie sind jetzt beide in Buchschlag.“

Sie klang gereizt.

„Hat noch jemand einen Schlüssel zum Haus, eine Putzfrau, ein Gärtner? Wer kümmert sich um Maanens' Haus, wenn Sie alle in Buchschlag sind?“

„Es gibt keine Putzfrau. Und es gibt keinen Gärtner. Jensen habe ich eben angerufen.“

„Jensen sieht hier in Spiekeroog nach dem Haus, wenn aus Frankfurt niemand da ist“, warf Komrusch ein.

„Der war den ganzen Tag an der Hermann-Lietz-Schule. Und hat den Hausschlüssel am Bund, den er immer mit sich trägt.“

Wie wirkt sich die Zuckerkrankheit auf das Erinnerungsvermögen aus? Hat jemand, der sich häufig Insulin spritzen muss, ein unbeschädigtes Gedächtnis?

Oder vergisst er leicht?

„Ist denn etwas weggekommen?“

„Nein, nichts.“

Die Kassner füllte sich wieder das Glas.

Komrusch wanderte zum Barschrank hinüber, öffnete die Tür und schenkte, ohne mich zu fragen, zwei bauchige Gläser halbvoll mit Laphroaig. Der tat gut, verdrängte aber den Bierdurst nur, stillte ihn nicht.

„Wir haben mal eben das Haus durchgeprüft. Es ist nichts verschwunden“, sagte er.

„Kein Fenster eingeschlagen, keine Tür eingetreten?“

„Nein, nichts.“

Ich sah Komrusch fragend an. Für einen Einbruch sprach also nur das Bild, das morgens oben über dem Kamin hing und abends plötzlich auf dem Stuhl im Esszimmer stand.

Bildete sich die Kassner den Einbruch nur ein? Irgendwo müsste es doch Spuren geben!

„Haben Sie Herrn Maanens angerufen, Frau Kassner?"

„Natürlich."

„Und was hat er gesagt?"

Komrusch wiegte den Kopf, als wolle er davor warnen, die Kassner weiter zu befragen.

„Nichts. Wenn das Bild da ist, sei ja alles in Ordnung."

„Das würde ich auch sagen. Wenn nicht, müssten wir die Polizei informieren. Der Inselpolizist müsste sicher Spurensucher vom Festland kommen lassen. Die wären morgen früh frühestens hier."

„Auf gar keinen Fall!", entschied Frau Kassner. „Herr Maanens will das auf gar keinen Fall."

„Er will die Polizei mit der Sache nicht behelligen", erläuterte Komrusch. „Was wird die auch finden?"

„Eben", sagte ich, „die wird nichts finden – und das war's!"

„Aber es war jemand hier", wiederholte die Kassner.

Also gut. Wenn sie denn darauf bestand!

„Wollen wir das Bild nicht wieder nach oben über den Kamin hängen?", schlug ich vor. „Da gehört es hin. Und dann sehen wir morgen mal weiter."

„Da gehört es nicht hin!"

Jetzt erhob sich Anna Kassner und auch Komrusch stand auf, setzte das Glas ab.

Ich täuschte mich also nicht. Der Tag auf See hatte sie wirklich mitgenommen.

„Sie sagten doch eben, das Bild hing heute Morgen noch oben. Hängen wir es also da wieder hin."

Nichts veränderte sich in ihrem Gesicht.

„Es hing oben, aber es gehört eigentlich nicht über den Kamin."

„Und wohin gehört es dann?"

„In Frau Ommenbachs Zimmer. Es ist die Kopie, an der sie arbeitete. Als die beiden nach Buchschlag zurückfuhren, hat sie diese Kopie über den Kamin gehängt."

„Und wo ist das Original?"

„Das haben sie natürlich mitgenommen. Man lässt doch ein Original nicht hier!"

„Und woran erkenne ich die Kopie? Für mich sieht dies Bild hier wie das von gestern Abend aus!"

Anna Kassner nahm das Bild und legte es flach auf den Tisch. Jetzt spiegelten sich die elektrischen Kerzen des Kronleuchters auf dem Gesicht des Zaren.

„Sehen Sie irgendwo eine Signatur?"

Meistens findet man Signaturen in der rechten unteren Ecke. Ich fand dort keine und suchte weiter – ergebnislos. Dieses Bild war nicht signiert.

Ich war mit meiner Weisheit am Ende.

„Dem Bild fehlen eigentlich nur noch eine Schicht Firnis und die Signatur. Dann könnte man es für ein Original der Rosalba Carriera halten." Sie sprach den Namen der venezianischen Malerin so leicht aus, als habe sie ihn oft benutzt.

„Die Frau Ommenbach ist also eine tolle Kopistin."

Frau Kassner nickte. „Ja, das macht sie wirklich gut."

Wir standen um den Tisch und sahen auf das Bild. Ein herrisches Gesicht. Ich sah ein Lächeln in einem Mundwinkel, als verbände den Zaren und die Malerin mehr als nur die paar Stunden, die sie für das Pastellbild gebraucht hatte.

Eine Sache, um die Kunstgeschichtler sich kümmerten.

„Was machen wir jetzt? Wir hängen das Bild zurück über den Kamin."

Komrusch und ich sahen uns an.

Eine Frau, die glaubte, dass bei ihr eingebrochen worden war, konnte man nicht allein lassen. Komrusch war sicher der gleichen Meinung.

„Es wird jemand mit einem Nachschlüssel hier gewesen sein", sagte er. „Denn wie Frau Kassner sagt, ist ja in der Tat nichts zerstört worden."

„Ich denke, einer von uns wird hier bleiben, Frau Kassner", schlug ich vor.

„Und der andere kümmert sich um das Schiff. Vielleicht schaut sich da auch jemand um", meinte Komrusch.

Die Annahme war so falsch nicht. Wenn das Haus durchsucht worden war, war inzwischen vielleicht auch jemand auf die *Robbe* gestiegen.

„Ich bleib hier", sagte Komrusch.

„Das ist aber eigentlich gar nicht nötig", sagte sie. „Es wird bestimmt niemand mehr kommen."

„Man kann nie wissen", beharrte Komrusch. „Ich werde hier unten auf dem Sofa schlafen. Eine Decke werden wir im Hause sicher finden."

Sie nickte. „Ich muss Ihnen noch was geben", sagte sie, „in der Küche habe ich noch den Scheck von Herrn Maanens."

Sie ließ die Tür offen. Am Kühlschrank hingen kleine Magneten: Flaschen, Käseschachteln, ein Toaster. Eine Flasche hielt den Scheck fest. Die Kassner zog sie ab, nahm das Papier und ließ den Magneten wieder anklicken.

Der Scheck war auf eine Frankfurter Privatbank ausgestellt.

„Herr Maanens meint, zweihundertfünfzig Euro dürften die Spesen abdecken."

Ich sah auf die Zahl und las: eins sieben fünf null.

„Danke", sagte ich.

Sie nickte nur.

Wir schüttelten uns die Hand. Ich war mir nicht sicher, ob Komrusch mir zuzwinkerte.

„Ich denke, wir werden morgen die Fähre nehmen, aber vielleicht erst die abends. Ich nehme an, du kommst früh wieder an Bord, Komrusch. Falls wir uns also nicht mehr sehen sollten, Frau Kassner, lasse ich den Schlüssel zum Boot bei Heinrich dem Seefahrer."

„Einverstanden."

Ein Nicken zu Komrusch rüber und ich stand im Garten, hörte, wie er die Haustür hinter mir abschloss, und dann erlosch die Lampe.

Eine verrückte Situation. Die Kassner behauptete, das Bild sei von oben nach unten geholt worden, während wir auf See waren. Ich wusste nicht, ob Komrusch das anzweifelte. Aber er hatte eine gute Erklärung, als ihm einfiel, jemand habe einen Nachschlüssel. Er mochte Anna Kassner eben.

Meine Meinung? Die Kassner musste sich irren. Wer schleppt denn ein Bild im Haus herum, lässt es liegen und übersieht auch den Scheck? Nein, Sonne, Wind und See hatten der guten Anna Kassner heute etwas zu sehr zugesetzt.

Acht

Ich wusste gar nicht, welche königliche Aussicht Heinrich der Seefahrer von seiner Bude aus hatte. Mit Brötchen in der Tüte war ich aus dem Dorf zurückgekehrt, fand ihn beim Teebrühen und ließ mich einladen. Komrusch war inzwischen an Bord gekommen, sagte mir Heinrich. Ich sah ihn nicht, er machte sich also unter Deck zu schaffen.

„Hier entgeht dir nix“, meinte Heinrich und goss den Tee über die knisternden Kluntjes, ließ Sahne über den Löffelrücken herabtropfen.

In der Tat, auch ohne Fernglas, das auf dem Tisch unter dem Fenster lag, konnte er sehen, wer auf die Fähre ging oder sie verließ. Er überblickte die Stege und durch die Tür auch die Richelwiesen, das Dorf und beim Vorbeugen Südergroen und Ostergroen.

In der Saison war er von Sonnenaufgang bis kurz nach Sonnenuntergang hier in seiner Bude, ein alter Freund von Komrusch, als Pensionär des Wasser- und Schiffahrtsamtes mit einem Job für die Sommermonate sehr zufrieden.

„Maanens ist ja nun weg.“

Ich nickte.

„Der ist noch kein einziges Mal allein mit der *Robbe* gesegelt. Verstehst du das?“

„Wer viel Geld hat, hat meistens keine Zeit. Die da unten am Steg haben sich ihre Yachten schwerer verdient, also nutzen sie sie auch besser. Na, mir soll's egal sein. Aber die *Robbe* ist schon ein feines Schiff.“

„Kannst du wohl sagen.“

Aus der Schillbalje drehte die Morgenfähre ins Fahrwasser zum Spiekerooger Hafen.

Die übliche Routine. Heinrich nahm das Glas, suchte die Brücke der Fähre ab, fand das Fahrwasser frei von Jollen,

Yachten und Surfern, schwenkte das Glas noch mal über die Hafengebäude und den Weg zum Dorf und holte dann seine Shagpfeife aus der Hemdentasche. Es war Zeit für den ersten Morgensmoke.

Die Fähre würde langsamer werden, sutje ins Hafenbecken laufen, fast auf der Stelle drehen, festmachen und dann die ersten Gäste an Land lassen. Tagesgäste meistens, denn die Urlauber kamen üblicherweise mit der Fähre am Nachmittag oder am frühen Abend.

„Darf ich mal?"

Er gab mir das Glas und ich brauchte die Schärfe nicht nachzustellen. Ich sah Wiard Feenders oben auf der Brücke am Ruder der *Spiekeroog*, bis die Sonne das Glas verspiegelte, verfolgte eine Jungmöwe über den Pricken, und suchte dann den Hafen ab.

Zwei Männer beulten die Hosentaschen aus, gegen einen Drahtcontainer gelehnt. Die Fähre würde wahrscheinlich viel ausladen, aber wenig einladen.

Auf dem Weg aus dem Dorf bewegten sich nur ein paar Menschen. Ich sah ihre Gesichter im Glas, freundliche Gesichter zumeist, die Augen der Erwachsenen so gut wie immer hinter Sonnengläsern verborgen. Ob die sich wohl so ungezwungen unterhielten, wenn sie wüssten, dass ich jede Lippenbewegung erkennen konnte?

Ich suchte mit dem Glas den Deich ab, der über den Hafen hinausführte, sah grasende Schafe, wandte mich um und suchte den anderen kleinen Deich ab, der zwischen Richelwiesen und Südergroen entlanglief. Auch hier Schafe, denen der Morgenwind durchs Fell strich.

Und dann saß jemand an der Schräge, die Beine angezogen, ein grüner Anorak, ein grünes Kopftuch, große Brille. Fernglas.

Das war doch Anna Kassner!

Sie saß morgens um acht Uhr hier am Deich, von wo aus sie den Hafen und alle Wege aus dem Dorf gut beobachten konnte. Und sie trug Kleidung, mit der sie nicht auffiel.

Vielleicht war sie Naturliebhaberin. Warum nicht? Das große Fernglas sprach dafür. Vielleicht beobachtete sie von hier aus das Vogelvolk auf den Wiesen des Vorlands und im Watt. Komrusch würde sicherlich mehr über sie wissen.

Die Fähre machte so vorsichtig fest, dass kein Ei zwischen Bordwand und Pier zerquetscht worden wäre. Wiard verstand sein Handwerk.

Von der Brücke her grüßte er zu uns rüber. Heinrich stand vor der Hütte und hob lässig die Hand an die Schippermütze.

Die Welt war in Ordnung.

Die Gangway schepperte über das Pflaster, wurde eingehakt, und dann zählte ich ganze zwanzig Leute, die an Land gingen. Fünf Container hob der Kran auf die Pier und die beiden, an die die Hosenbeutler gelehnt hatten, auf die Fähre. Sie würde nur kurz liegen bleiben, aber wohl viele Urlauber mit von der Insel nehmen, denn wer weiter in den Süden wollte, entschied sich bestimmt lieber für die Morgenfähre.

Zurück zur Kassner. Ich stand mit meinem Fernglas in der Hütte, als ich sie suchte. Jedermann ist neugierig, aber niemand mag dabei entdeckt werden.

Anna Kassner hielt das Glas jetzt an die Augen.

Ich sah ihre ringlose linke Hand, einen hellgrauen Pulloverärmel in der Öffnung des Anorakärmels, sah graue Wanderschuhe und meinte den Wind zu hören, der an ihrem Kopftuch zerrte.

Was mochte sie suchen? Vögel in der Luft bestimmt nicht. Sie hielt das Glas so, als suche sie die Kimm ab oder den Weg, den Deich vielleicht. Vielleicht besah sie sich Schafe, hatte sich in ein Lamm verguckt. Oder verfolgte im Fahrwasser zwischen den Inseln einen Verklicker an einer Mastspitze.

Ich zog selber mein Glas nach links.

Im Rund weitere Gesichter. Ja, jetzt auch Abreisende in landfeinen Klamotten.

Ich fand den *Kronenhof* und entdeckte weitere Leute auf dem Weg von dort zum Hafen.

Mit wie wenig Gepäck manche reisen! Ein Mann, eine Frau, nebeneinander das Hotel verlassend mit einer einzigen Reisetasche auf dem Weg zum Hafen, eine schwarze Reisetasche mit drei roten Streifen. So ähnlich kennzeichnete ich bei Flugreisen mein Gepäck, um es wieder zu finden.

Die beiden gingen schnell, überholten einige und verloren im Hafen keine Zeit.

Und die Kassner?

Ihr Glas war hart an mir vorbei auf die Fähre gerichtet.

Sie musste jetzt – wie ich – beobachten können, wie die beiden vom Hotel *Kronenhof* an Bord gingen. Als sie hinter Aufbauten verschwanden, schwenkte ich zurück zur Kassner und sah sie das Glas absetzen. Sie ließ es auf den Schoß fallen, als brauche sie es nicht mehr.

Am Steg die *Robbe*. Komrusch immer noch nicht oben. Oder vielleicht lag er, auf die Brötchen wartend, in der Plicht und ließ sich die Sonne auf den Bauch scheinen. Es war Zeit, an Bord zurückzukehren.

Die üblichen Signale, die Fähre legte ab.

Noch ein Blick.

Die Kassner hatte sich jetzt erhoben, suchte mit dem Glas noch einmal die Fähre ab und wanderte dann den Deich entlang nach Nordosten, blieb noch einmal stehen, als die Fähre den Hafen verlassen hatte, sah ihr durch das Glas nach und steckte es dann in ein Futteral, das sie über der linken Schulter trug. Offensichtlich hatte sie ihre Beobachtungen beendet, die Fähre war nur noch faustgroß.

Komrusch meinte, wir dürften den Tag nicht einfach so vergammeln. Es sei auch an der Zeit, die Haut mal wieder der Sonne auszusetzen. Dann abends mit der Fähre nach Neuharlingersiel und da sollte Lisbeth uns abholen. Also – der letzte Urlaubstag, sozusagen. Am Sonntag würde ich abends schon mit Chartergästen auf der *Opa Reimer* auslaufen.

Komrusch schwieg sich über die Nacht in Maanens' Haus aus. Und ich drängelte ihn nicht. Schön, wenn er mit der Kassner vorankam.

Nur auf den Einbruch kam ich noch mal zu sprechen.

„Hast du dich bei Tageslicht noch mal umgesehen?"

„Ja, Jungche."

„Und?"

„Nuscht zu sehen. Ein Profi hinterlässt eben keine Spuren."

Er teilte also auch weiter Anna Kassners Erklärung. Na, von mir aus. Es lohnte sich nicht, darüber mit ihm zu streiten.

Am Strand wurde es uns um die Mittagszeit zu heiß. Wir fanden, im *Kronenhof* gäbe es das beste Pils, und so hockten wir zwei Stunden vor Abfahrt der Fähre am Tisch, blinzelten in die Sonne und tranken uns Appetit an. Blomenbusch zapfte ein ähnlich gutes Pils wie seine blonde Bedienung.

„Wollt ihr eigentlich gar nicht mehr nach Hause?"

Er hockte sich zu uns – im Dienst mit einem Glas Sprudel.

Unsere Seesäcke hatten wir bei Heinrich dem Seefahrer deponiert. Wir würden sie von da auf die Fähre tragen. Den Schlüssel für die *Robbe* hatten wir ihm schon gegeben.

„Ist wirklich ganz schön hier auf der Insel", sagte ich, „aber ich muss zurück. Wenn ich Urlaub machen könnte wie Maanens und mit eigenem Haus …"

Blomenbusch nickte. Er rasierte sich offenkundig nass, ich entdeckte eine Spur eingetrockneten Rasierschaum an seinem linken Ohrläppchen.

„Der Maanens ist doch aber ganz schnell wieder weg!", sagte er.

„Der musste dringend nach Frankfurt zurück. Und da hat er die Frau Ommenbach gleich mitgenommen", erläuterte Komrusch. „Jetzt ist nur noch die Anna Kassner hier und hütet das Haus."

„Die ist immer da", meinte Blomenbusch. „Das heißt, immer länger als Maanens. Aber das Haus steht dann monatelang leer."

„Vermieten will Maanens nicht. Hat er wohl auch nicht nötig."

„Dabei könnt er's doch der Benz geben, wenn er nicht hier ist." Blomenbusch kratzte sich am Ohr.

„Der Benz?“

„Seine Verflossene, mit der er die letzten zehn Jahre hier war. Sie sucht was auf der Insel.“

„Woher weißt denn du das?“, fragte Komrusch neugierig.

Wirte wissen viel, und die meisten sind auch verschwiegen. Es sei denn, sie haben Komrusch als Gegenüber, der immer alles wissen wollte und beharrlich fragte.

„Sie war also hier?“

Nur ein Nicken.

„Und ist wieder weg?“

Nicken.

„Wo war sie denn?“

Blomenbusch entschloss sich, nun doch zu reden. „Zimmer 214.“

„Da ist sie immer noch?“

„Heute Morgen abgereist.“

„Sie war also nur eine Nacht hier.“

„Ja.“

„Nur um ein Ferienquartier zu suchen?“

„Offenbar. Sie hat sich übrigens wieder getröstet.“

„Wie meinst du denn das?“

„Na, sie hatte einen Freund dabei.“

„Dagegen kann man ja wohl nichts sagen.“

„Nee. Nur wenn er viel jünger ist. Das fällt dann schon auf.“

„Richtig. Aber manchmal braucht man das.“

„Aber dann nimmt man nicht zwei getrennte Zimmer.“

„Hat sie das?“

„Ja. Er hatte sein Zimmer ein Stockwerk höher.“

„Aber das heißt doch nicht, dass die beiden nicht zusammen geschlafen haben.“

„Das Zimmermädchen hat was anderes gesagt. Also – die waren nicht zusammen.“

„Anstandszeit. Beim nächsten Mal dann um so mehr.“

„Das wird schwierig werden“, sagte Blomenbusch.

„Und warum das?“

„Na, der jüngere Mann war ein Russe. Und dessen Visum läuft nächste Woche ab."

„Russe, ach. Und woher?"

„Sankt Petersburg."

„Soll man's glauben", sagte Komrusch nur. „Na, dann gib uns mal noch ein Bier."

Blomenbusch winkte der Bedienerin, die verstand, was wir wollten.

Ich meinte, ein Schnaps könnte angesichts solcher Überraschungen nicht schaden. Komrusch und Blomenbusch schlossen sich meiner Meinung an.

„In einer Woche also zwei Russen im Haus. Beide aus Sankt Petersburg. Einer stirbt nach einer Nacht, der andere haut nach seiner ersten Nacht gleich wieder ab. Wie lange hatte der denn gebucht?"

„Drei Tage. Wie der erste auch. Aber er hat offen gelassen, früher abzureisen. Und mir war das ja ganz recht."

„Und die Frau Benz?", wollte ich wissen. „Was hat denn die gesagt und gewollt?"

„Die hat schon damals nicht viel mit mir geredet, als Maanens und sie hier noch eine Ferienwohnung gemietet hatten. Und als sie das Haus bauten, noch weniger. Und jetzt praktisch gar nicht."

„Ist die Frau Kassner mal hier, ich meine die Haushälterin?", wollte Komrusch wissen.

Blomenbusch schüttelte den Kopf. „Ich kenne sie eigentlich nur vom Sehen, Maanens hat uns mal bekannt gemacht, aber das war's dann auch. Ich habe erst wieder richtig mit ihr geredet, als der erste Russe hier ins Haus gebracht wurde. Sie hat ja den Arzt angerufen, den Himmen. Aber nun lass uns mal von was anderem reden."

Aber es fiel uns nichts anderes ein.

„Wir werden also an Land zurückkehren. Wir nehmen die Abendfähre, und dann beginnt unser Alltag wieder."

„Bist du denn immer noch so viel unterwegs wie früher, Skipper?"

Ich nickte. „In der Saison bin ich Gott sei Dank meistens ausgebucht. Luft kann ich im Herbst und Winter und im Frühjahr holen. Aber jetzt will man mich auch zu den Zeiten haben. Neulich meinte einer, ich sollte ihn durch die Seychellen schippern. Manche Leute haben eben Geld. Mal sehen, vielleicht mache ich es."

Ehe wir uns trennten, fiel mir noch etwas ein. „Sagen Sie mal, hatten der Russe und die Frau Benz nur eine Reisetasche?"

Blomenbusch sah mich überrascht an.

„Ja. Warum wollen Sie das wissen?"

„Mit drei roten Streifen an der Seite!"

„Ja, mit drei roten Streifen."

Ich bedankte mich für die Auskunft und folgte Komrusch in den hellen Spätnachmittag.

„Das war's denn wohl. Auf zu neuen Ufern."

„Eben", sagte ich. „Aber so ein paar Fragen bleiben."

„Ach, auch bei dir?", sagte Komrusch. „Ich möchte gern auch noch ein paar Sachen rauskriegen!"

„Also?"

„Weitermachen."

„Einverstanden. Ich habe Zeit bis Sonntag."

Neun

Wiard ließ uns nach oben kommen, bot Tee an.
„Na, wie ist's denn so?", begrüßte er uns.

Wie ein Mann sich je daran gewöhnen konnte, ständig eine einzige kurze Strecke zu fahren: Neuharlingersiel – Spiekeroog, 45 Minuten, zwei bis dreimal am Tag, je nach Tide? Das hält man wohl nur aus, wenn man es leid ist, auf großen Pötten ständig auf eine leere Kimm zu starren. Was Wiard getan hatte, der nach der Seemannsschule nur für Hapag Lloyd gefahren war, bis er vor Durban von Buchenwäldern zu träumen anfing und auf See Finkenschlag hörte. Da war er an Land gestiegen.

Komrusch wollte sich setzen, ein winziger Tisch bot Platz für drei.

„Höh", sagte er, „was ist denn das?"

Er hob ein flaches Paket hoch, etwas größer als eine Aktentasche.

„Muss ich Jensen geben. Das geht per Kurier nach Frankfurt."

„Ich weiß", sagte Komrusch, „steht ja deutlich drauf. Herrn Helmut Maanens, Maanens Immobilien, Frankfurt, Rossertstraße 44."

Wiard wurde von unten angerufen, ging raus auf die Nock.

„Das ist ein Paket von der Kassner. Hier steht ihr Name als Absender."

„Na und", sagte ich, „warum soll sie kein Paket verschicken? Was ist daran Besonderes?"

„Natürlich nichts. Aber warum schickt sie es per Kurier und nicht mit der Post? Das tut man nur, wenn man es eilig hat oder wenn es was Wertvolles ist."

Komrusch hatte schon begonnen, sich den Kopf zu zerbrechen. Irgendwas nagte in ihm.

„Also, nehmen wir an, das ist so. Was ist da drin?“, fragte ich.

Er hob das Paket an. „Dem Gewicht nach und der Größe nach könnte es ein Bild sein. Das Bild vom Zaren.“

„Wie kommst du denn darauf?“

Da kam Wiard zurück, goss Tee nach.

„Sonst alles in Ordnung? Da hat sich ja am Sonnabend einer totgesoffen auf Spiekeroog beim Ansegeln. Die Leute sind nichts Gutes mehr gewöhnt. Ich hatte den Sarg hier auf der Fähre. Der ging gleich weiter nach Bremen mit einer Pietät. Ja, der Schnaps.“

„Wundert uns auch“, sagte Komrusch nur. „War irgendwas Besonderes mit dem Sarg oder dem Toten?“

„Nö, da wartete so ein schwarzer Mercedes und in ihn wurde der Sarg gehoben, als alle von Bord waren. Muss ja nicht jeder mitkriegen, dass man auf Spiekeroog auch sterben kann. Und dann ist der los. Bremer Nummer. Die werden ihn nach Russland zurückgebracht haben. Soll ja ein Russe gewesen sein.“

„Hm“, machte Komrusch nur, „hörte man so.“

„Und der hat das große Zittern gekriegt von der Sauferei. Wart ihr dabei? Himmen hat ihn verarztet. Aber das war wohl zu spät. Wenn einer erst mal das große Zittern hat, kann man kaum was machen. Ich hatte so was mal auf einer Reise nach Buenos Aires mit Stopp in Rio. Da hat sich ein Laskare an Kaschassa zu Tode gesoffen. Einfach so. Durchgedreht. Der hat anderthalb Pullen in sich reingeschüttet. Das war zu viel, das hält keine Leber aus.“

„Und so viel soll der Russe gesoffen haben?“ Komrusch tat, als höre er zum ersten Mal von dem Vorfall.

„Na, sagt man so. Der Himmen hat ihm eine Spritze gegeben, weil der Russe ja sonst nichts bei sich behalten hätte.“

„Ach. Und was war das für eine?“

„Valium, hab ich gehört. Das nehmen ja viele, um abzuschalten und zur Ruhe zu kommen.“

„Als Spritze?“

„Nö, meist so als Pille.“

Der Tod des Russen hatte sich also rumgesprochen. Er würde noch ein paar Tage lang Gesprächsthema bleiben und dann nur noch erinnert werden, wenn im nächsten Jahr wieder angesegelt wurde.

„Hast du mal Valium genommen?“

„Seh ich so aus?“, antwortete Wiard fast empört. „Ich brauch so was nicht.“

„Ich hab’s schon mal bekommen“, sagte Komrusch. „Ich hatte mal ziemlichen Stress.“

Davon hörte ich zum ersten Mal. Aber ich sah Komrusch manchmal wochenlang nicht, wenn ich unterwegs war, und wenn wir uns dann wieder trafen, erzählten wir uns natürlich nichts von unseren Wehwehchen.

„Das hatte damals mit dem Ausbau vom Hafen in Bensersiel zu tun. Da kriegte ich die Kurve nicht. Und dann hat mir der Doktor Valium gegeben. Und dann schlief ich wieder richtig und drehte nicht mehr so auf – und das war’s dann. Seither nie wieder.“

„Wie fühlt man sich denn damit?“

„Einfach nur entspannt.“

„Teufelszeug“, meinte Wiard, „nicht meine Sache. Was habt ihr denn auf Spiekeroog gemacht, ihr beiden?“

Ehe wir berichten konnten, legte Wiard ab. Dreimal kurz getutet, Fahrt achteraus, dann das Drehen auf der Stelle und dann langsame Fahrt voraus.

Wir sahen die *Robbe* in ihrer Box an den Leinen ruckeln. Möwen hockten auf dem Baum. Die ersten Scheißspuren glänzten schon weiß auf dem Dach des Deckshauses.

Die *Robbe*! Wiard gestand, dass es weit und breit keine feinere Yacht gab und er die Puffin wohl gerne mal segeln würde. Aber Maanens kannte er nur vom Namen.

„Und Heinrich der Seefahrer?“

„Der gibt die mir doch nicht mal so. Nö, der hütet die wie seinen Augapfel. Wetten, dass der jeden Morgen die Möwenscheiße auf der *Robbe* abwischt?“

„Wenn er dafür Geld kriegt!“

Wiard gab zu, dass man für Geld durchaus auch Möwenscheiße abwischen könnte.

„Und du nimmst manchmal solche Pakete mit und gibst sie weiter?“

„Nur bestimmte, das ist ein Service von der Reederei. Die nimmt dann Jürn auf Spiekeroog an, gegen Quittung, gibt sie an mich weiter und ich geb sie Jensen. Und dann geht's juppheidi nach Afrika. Oder wohin sonst.“

„Ist das Paket versichert?“, wollte Komrusch weiter wissen.

„Ja, deswegen geht es auch nur von Hand zu Hand, bis Jensen es übernimmt. Der muss den Empfang quittieren.“

„Und habt ihr viele solcher Pakete?“

Wiard kratzte sich am Kinn.

„Nö, dies ist in diesem Jahr erst das zweite.“

„Von der Kassner an Maanens?“

„Das erste war irgendwas von der Herrmann-Lietz-Schule. Da sollte wohl was ganz eilig auf die *Thor Heyerdahl*.“

Die Hermann-Lietz-Schule auf Spiekeroog besaß mit der *Thor Heyerdahl* ein segelndes Klassenzimmer, das wohl im Oktober immer in die Karibik verlegte und im April zurückkehrte – mit einer elften Klasse an Bord. Mehr wusste ich nicht. Dabei hätte ich mir den Zweimaster ganz gern mal angesehen.

Wiard steuerte die *Spiekeroog* gelassen, hob zwischendurch mal grüßend die Hand, wenn wir ein Boot überholten oder wenn uns eins entgegenkam.

Vorm Anlegen turnten wir nach unten.

„Moin, moin.“ Wir würden uns sicher bald mal wieder treffen.

Lisbeth hielt mit ihrem Wagen und laufendem Motor so nahe am Anleger, wie es gerade noch erlaubt war.

„Mann, seid ihr braun geworden.“

Ein schneller Kuss. Wir waren immerhin eine ganze Woche draußen gewesen.

Wie immer, wenn ich sie wiedersah, tat es mir Leid, so lange weg gewesen zu sein. Doch seltsamerweise fielen mir die Abschiede von ihr immer leicht.

„Alles klar? Irgendwas Besonderes passiert?“ Routinefragen von ihr, als sie schon auf der Straße nach Esens fuhr.

„Ich denk schon“, meinte Komrusch vom Rücksitz.

„Ja“, sagte ich nur, „ich werde die Zeit bis Sonntag noch brauchen.“

„Und was wollt ihr?“

„Lass uns das mal heute Abend bereden. Was hättest du uns denn anzubieten? Dienstag – die berühmte Erbsensuppe, oder?“

„Na, für euch auch oder.“

Natürlich taten wir der Erbsensuppe alle Ehre an. Aber dann strömte eine Busladung Gäste in den *Deichgrafen* und Komrusch und ich verzogen uns in mein Haus. Lisbeth lief zu großer Form auf. Achtzehn Hungernde wollten alle auf einmal bedient werden. Zu viel Gedöns für uns.

Komrusch hatte bei mir ein Depot langer Havanna-Zigarren. Immer wenn ein Abend lang zu werden drohte oder es viel zu bereden gab, bediente er sich daraus.

Er entzündete die No. 1 mit einem Fidibus, nicht wie seine Stumpen mit einem Gasfeuerzeug zum Wegwerfen.

„Also“, sagte er und blies die ersten Kringel in die Luft, „warum kümmern wir uns überhaupt um die ganze Sache? Worum geht es?“

Im Kamin hatte sich das Holz zum Brennen entschlossen. Ich konnte schwarzen Torf nachlegen. Wir hätten draußen sitzen können, aber vor einem Kamin sammelt man seine Gedanken besser.

„Müssen wir uns überhaupt um die Sache kümmern?“, wollte ich wissen. „Was haben wir davon? Was geht uns Maanens an und sein Bild vom Zaren?“

„Richtig“, sagte Komrusch, „eigentlich könnten wir hier die Beine von uns strecken und lesen oder fernsehen. Aber ich würde schon gern noch was wissen.“

„Und warum?“

„Wegen Anna Kassner. Ich finde, sie ist eine ganz attraktive Frau, die ich gern im Auge behalten möchte. Sie hat nichts dagegen, wenn ich mich um sie kümmere. Na, also werde ich es auch."

„Na, dann schick ihr Blumen oder Gedichte oder besuch sie."

„Jungche", sagte Komrusch. „Wenn dich ein Weib interessiert, willst du doch alles wissen. Du sagst doch immer, man muss alles wissen, wenn man hinter einer Sache her ist."

„Und was willst du also wissen?"

Komrusch hob die Zigarre vorsichtig über den Aschenbecher. Nein, die Asche fiel nicht. Er rauchte mit aller Hochachtung vor den Zigarrendrehern weiter.

„Warum ist die Kassner bei Maanens? Weil sie ihm den Haushalt führt. Das könnte mir eigentlich reichen, wenn da nicht ein paar Auffälligkeiten wären."

„Und welche meinst du?"

„Alle haben mit ihrem Brötchengeber zu tun, diesem Maanens. Der kauft sich eine Luxusyacht, die er nicht segelt. Er hat eine neue Freundin, die sich für das Segeln überhaupt nicht interessiert. Warum also investiert er so viel Geld in die Puffin? Bloß, um mal ein paar Tage auf der Nordsee zu kreuzen?"

„Okay", sagte ich. „Und weiter?"

„Maanens' Familie stammt aus Sankt Petersburg. Kurz vor seiner Ankunft stirbt auf Spiekeroog ein Russe aus Sankt Petersburg. Und es kommt kurz darauf ein zweiter Russe auf die Insel – auch aus Sankt Petersburg. Der zweite kommt mit der früheren Lebensgefährtin von Maanens, dieser Sabine Benz, nach Spiekeroog. Die beiden treffen weder Anna Kassner noch Maanens und die Ommenbach. Zufall das alles?"

„Warum sollten die sich treffen? Die Ex will doch Maanens nicht sehen und ihre Nachfolgerin sicher erst recht nicht."

„Aber die Kassner. Anna sagte, sie hätte immer noch einen guten Draht zur Benz."

„Gut. Zweite offene Frage. Weiter!"

„Ich weiß nicht recht mit der Dritten weiter. Das Bild, weißt du. Warum lässt ein Mann von einem Original, das ihm gehört, eine Kopie malen?"

„Vielleicht will die Ommenbach nur üben. Das gibt es doch."

„Könnte sein. Aber dann nimmt er das Original mit nach Buchschlag. Und lässt die Kopie hier. Also hatte die Ommenbach keine Eile, die Kopie fertig zu stellen. Und dann schickt die Kassner kurz darauf die Kopie doch nach Frankfurt. Warum?"

„Das kann doch eine ganz einfache Erklärung haben. Die Ommenbach will eben doch weitermalen. Und kommt so schnell nicht wieder nach Spiekeroog, weil in Frankfurt etwas dazwischengekommen ist. Also lässt sie sich die Kopie schicken."

„Könnte sein, könnte auch nicht sein. Aber dann die vierte Sache, die mir auffällt. Bei Maanens' wird gleich zweimal eingebrochen. Zuerst in Buchschlag, und deswegen reist er sofort ab und nimmt das Bild mit. Dann wird in Spiekeroog in Maanens' Haus eingebrochen, meint die Kassner. Nehmen wir an, sie hat Recht. Ist das ein Zufall?"

Nun war die Asche dran. Sie sank wie ein grauer kurzer Wurm in den Aschenbecher. Komrusch nahm einen winzigen Schluck Laphroaig, ehe er weiterredete.

„Wenn die Anna sich nicht irrt, dann wird beim zweiten Einbruch das Bild bewegt. Vom Arbeitszimmer Maanens' in das Esszimmer nach unten."

„Das ist übrigens der einzige Beweis für den Einbruch in Spiekeroog. Wenn die Kassner sich irren sollte, gab es keinen Einbruch." Ich war immer noch der Ansicht, die Kassner habe schlichtweg vergessen, dass sie oder Maanens oder die Ommenbach vor der Abreise das Bild nach unten getragen hatten.

„Aber sie macht doch nicht den Eindruck, als ob sie spinnt. Nein, ich denke, sie hat sich richtig erinnert. Jemand war im Haus, hat das Bild bewegt. Und wer war das? Und warum hat er's nicht mitgenommen?"

„Das wird ja eine richtige Geschichte. Ich sag dir, wer im Haus war! Die Sabine Benz. Wir waren mit der *Robbe* auf See, sie hatte noch einen Hausschlüssel und kennt sich im Haus aus. Wenn also das Bild bewegt wurde, dann von jemandem, der ohne Spuren ins Haus kam. Das kann nur Sabine Benz gewesen sein. Den Scheck in der Küche lässt sie liegen, weil sie nur das Bild interessiert. Aber dann lässt sie auch das stehen. Warum? Sie hat erkannt, dass es die Kopie, nicht das Original war.“

„Richtig“, sagte Komrusch. „So würde ich das jetzt auch sehen. Aber warum kommt sie mit dem Russen auf die Insel? Hat der erste Russe was mit dem zweiten zu tun? Wenn sie noch Schlüssel zum Haus hat, braucht sie doch keinen Helfer.“

„Aber wenn nun Maanens das Hausschloss ausgetauscht hätte? Dann nützt ihr der Schlüssel nichts. Dann braucht sie jemanden, der die Tür knackt. Einen Profi.“

„Und den holt sie sich aus Sankt Petersburg? Das glauben wir doch beide nicht.“

„Eben. Wir können davon ausgehen, dass der zweite Russe nicht nur zum Türknacken mitkam. Der hat irgendwas mit dem Bild zu tun. Und ich behaupte, der erste auch. Beide hatten Pech. Der erste starb, weil er sich vollsoff, der zweite fand nur eine Kopie, die er stehen ließ.“

Eine derartige Zwischensumme verdiente noch ein Glas. Aber wir hielten die Menge klein.

„Und wenn wir nun alles zusammenknoten können, was haben wir davon, Komrusch? Du kannst dann eine Geschichte mehr erzählen.“

Komrusch nickte zustimmend und schob mit der Schuhspitze einen Funken in den Kamin zurück.

„Ja, eine Geschichte mehr. Kein Schnaps für den Zaren. Die Geschichte der Anna Kassner und ihres Brotherrn Helmut Maanens. Die könnte doch ganz interessant werden.“

„Ich würde die Sache ja anders angehen, Komrusch.“

Ich drehte das Glas und ließ das Feuer sich im Lebenswasser spiegeln. Ich mochte Kristallgläser nicht. Was man trinkt, muss man ungebrochen sehen können – so wie in meinen Gläsern.

Die Kassner war eine Frau, die es Komrusch sehr angetan hatte. In seinem Alter verliebt man sich nicht mal so eben. Er führte zwar häufig das große Wort, aber ich wusste, dass er ziemlich einsam in seinem Haus hinter dem Deich zwischen den Kühen lebte und froh war, wenn die *Opa Reimer* wieder im Hafen von Bensersiel lag oder im Winterlager stand. Dann waren wir fast jeden Tag zusammen. Im Süden der Republik lebte aus einer kurzen Nachkriegsehe eine Tochter, aber zu der hatte Komrusch nicht mehr als eine Grußkartenverbindung. Sie war mit ihrem Mann mal hier oben gewesen, wir hatten auf der *Opa Reimer* einen Törn nach Norddeich gemacht, außen rum. Großes Gekotze, nein, die See war für die beiden nichts. Komrusch blieb allein. Eine Einladung, sein Domizil an die Weinstraße der Pfalz zu verlegen, wo in Herxheim Altenwohnungen eingerichtet wurden, zehn Kilometer von der Tochter entfernt, hatte er abgelehnt. Die Kassner war also etwas wie eine blasse Hoffnung auf Gemeinsamkeit.

„Ich würde gern mal rauskriegen, was mit den Bildern los ist."

Komrusch sah mich grinsend an. „Das dachte ich mir. So wie du dir den Zaren angesehen hast."

„Ich würde zum Beispiel gerne wissen, wie das Zarenbild all die Zeiten überlebt hat. Nikolaus II. hat es dem Großvater geschenkt, irgendwann nach 1900. Der nimmt es mit in die Verbannung oder Flucht vor den Sowjets – um 1917 herum. Es landete in Frankfurt in der Familie gleich nach dem ersten Weltkrieg, sagt der jetzige Besitzer. Und da ist es immer noch, reist manchmal nach Spiekeroog und zurück. Das Bild muss doch sehr wertvoll sein. Also, ich will da schon mehr wissen."

Zwei Männer, die die Zeit ausfüllen wollen. Der eine, bis er über die Frau Klarheit hat, die seine Zeit teilen könnte, der andere, weil er vier Tage bis zum nächsten Törn Zeit hat.

„Ich kümmer mich mal um die Kassner. Und du um das Bild. Und dann sehen wir weiter. Was hast du denn als Nächstes vor? Ich werde morgen mal mit meinem Arzt reden, Tjark muss mir ein bisschen was erklären.“

„Und ich werde erst mal telefonieren.“

Komrusch schätzte die Länge der Zigarre ab. Ja, ein Glas ließ sich noch rechtfertigen.

Es blieb bei dem. Lisbeth fuhr ihn um halb elf in sein Haus in Gründeich.

Zehn

Also wieder mal recherchieren. Rosalba Carriera, 1675 in Venedig geboren und dort 1757 gestorben, eine der berühmtesten Porträtmalerinnen ihrer Zeit, hatte 1697 in Zaandam in den Niederlanden ein Porträt des Zimmermanns, Zar Peter I. (1672-1725) gemalt, das der Zar offensichtlich ankaufte. Der letzte Zar, Nikolaus II., hatte es einem Fabrikanten in St. Petersburg geschenkt, den sein Vorfahr geadelt hatte: einem von Maanens. Der nahm es 1917 mit in die Verbannung durch die Sowjets und auf die Flucht nach Deutschland. Und hier ging es auf den Sohn und später auf dessen Sohn, Helmut Maanens, Maanens-Immobilien in Frankfurt, über. Der hängte es in seinem Haus in Buchschlag bei Frankfurt auf und nahm es mit in sein Ferienhaus nach Spiekeroog. Hier und wohl auch in Frankfurt kopierte eine gewisse Charlotte Ommenbach das Pastellgemälde, seit Herbst letzten Jahres Lebensgefährtin des Helmut Maanens.

Wo also lagen die Probleme? Gab es überhaupt welche?

Ein sehr vages: In Buchschlag war in Maanens' Villa eingebrochen worden, was ihn und die Ommenbach zu sofortiger Abreise veranlasste. Sie nahmen das Original mit zurück. Einen Tag nach dem Einbruch in Buchschlag wird in Spiekeroog eingebrochen. Der oder die Täter interessieren sich nur für das Bild (nicht etwa für einen deutlich sichtbaren Barscheck), lassen es aber stehen. Es gibt keine Einbruchspuren, der Täter muss einen Schlüssel für das Haus besessen haben – und er oder sie muss die Kopie als Kopie erkannt haben. Blieben die Fragen offen: Hatten die beiden Einbrüche etwas miteinander zu tun? Wurde in Spiekeroog wirklich eingebrochen, oder irrte sich Anna Kassner?

Das zweite Problem war sehr viel konkreter: Die Malerin Charlotte Ommenbach kopiert das Bild der Malerin Rosalba

Carriera. Warum? Nur um Auge und Hand zu schulen? Welchen anderen Grund könnte sie haben? Ein simpler: Maanens möchte nicht immer mit einem Bild durch die Gegend reisen. Also lässt er sich eine Kopie malen und hat nun in seinen beiden Häusern jeweils das gleiche Bild.

Ein drittes Problem: Als in Maanens' Haus in Spiekeroog eingebrochen wurde, hielt sich seine ehemalige Lebensgefährtin, eine Sabine Benz, auf Spiekeroog auf. Da die Schlösser in Maanens' Haus noch nicht ausgetauscht waren, könnte sie eingedrungen sein. Sie interessiert sich für das echte Bild, erkennt die Kopie und lässt sie stehen. Reist sofort ab.

Kein Problem, eher Zufälle: In ihrer Begleitung ist ein Russe aus Sankt Petersburg, der ein Besuchervisum hat. Sie reisen zusammen, schlafen aber nicht zusammen. Ein paar Tage vorher stirbt beim Ansegeln ein Mann. Auch er Russe, auch er aus Sankt Petersburg. Von wo die Maanens' nach Frankfurt zurückkehrten. Und wo die Zaren lebten.

Und warum interessierte mich das alles? Reine Neugier. Neugier auf Maanens. Ein Mann mit richtig viel Geld.

Und was machst du, wenn du nun alles ausklamüsert und in die Reihe bekommen hast? Gehst segeln! Die nächsten Kunden stehen in vier Tagen im Hafen von Bensersiel und wollen mit dir und der *Opa Reimer* vierzehn Tage auf See.

Die Erkenntnisse, die du gewinnst, werden dir wenig nützen.

Aber da war dieser Stachel: Helmut Maanens kauft sich eine tolle Yacht und bewegt sie nicht einmal. Was ist das für ein seltsamer Mann? Es reizte also doch, mehr über ihn zu erfahren.

Ich hatte mich noch nicht entschließen können, mir einen PC anzuschaffen. Ich führte meinen Terminkalender als Ringbuch und hatte einen zweiten Kalender auf dem Schreibtisch neben dem Telefon: Das reichte für die Planungen mit der *Opa Reimer*.

Alles über meine Kunden hatte ich auf Karteikarten notiert, Karten von der Größe eines Schreibhefts. Da stand alles, was ich wissen musste. Adresse, Beruf, Segelerfahrungen, Törns, Privates.

Gab es unter ihnen jemanden, der etwas mit Kunst zu tun hatte? Ich nahm jede einzelne Karte in die Hand. Ein Hanns Kessler war mir als Zeichner aufgefallen. Wir waren vor fünf Jahren oben in Dänemark gewesen, er hatte großartige Skizzen der Landschaften am Limfjord gemacht. Aber von Beruf war er Pfarrer, also wohl kaum Fachmann für Pastellgemälde aus dem 18. Jahrhundert.

Die Ommenbach anrufen? Ich ließ mir über die Auskunft ihre Nummer in Frankfurt geben. Und rief dann doch nicht an. Was hätte sie mir sagen können, was ich nicht schon wusste? Sie hätte mir sicher einen einleuchtenden Grund für das Kopieren des Bildes genannt. Vermutlich den, den ich selber gefunden hatte: in jedem Haus das gleiche Bild zu besitzen.

Wie immer, wenn ich nicht recht weiterwusste, fiel mir Gerd ein. Mit seinen Mitarbeitern und Archiven bei *Weltbil*d in Hamburg würde er mir helfen. Aber nur, wenn die Fragen klar waren: Was steht über Maanens-Immobilien, Frankfurt, in der Presse? Was weiß man über das Bild *Zar Peter I. in Zaandam*?

Natürlich lässt der Herausgeber von *Weltbild* nicht alles stehen und liegen, wenn ein Mann aus Bensersiel anruft. Doch offensichtlich stand mein Name auf der Liste derjenigen, deren Anrufe Frau Mertner, seine Sekretärin, sofort durchstellte.

„Ich ruf dich gleich zurück."

Darauf konnte man sich bei Gerd verlassen. Zehn Minuten später meldete er sich.

„Maanens, Maanens-Immbolien, Frankfurt. Okay. Und das andere?"

„Rosalba Carriera, ich buchstabiere. Besonders interessiert mich alles, was ihr über ein bestimmtes Bild wisst: *Zar Peter in Zaandam*. Meinst du, du kannst mir helfen?"

„Ich bin nicht sicher", sagte er, „ob wir was über die Malerin oder das Bild haben. Maanens könnte schon eher sein. Die Leiterin unseres Archivs, eine Frau Dr. Kornell, wird sich gleich mit dir in Verbindung setzen. Und sonst? Ist die Puffin in Spiekeroog? Ich wäre ja gern mitgesegelt, aber ich hatte einen Termin in Berlin, unaufschiebbar."

Er hatte tatsächlich Zeit, sich meine Erfahrung mit Maanens anzuhören.

„Das finde ich auch ungewöhnlich", sagte er. „Wenn es dir weiterhilft, kriegst du von uns einen ganz offiziellen Auftrag für eine Recherche."

„Fax mir den gleich zu", sagte ich. „Nach dem Gespräch eben müsste ich mich wohl mal in Frankfurt umsehen."

„Na ja, das wäre schon sinnvoll. Da leben Maanens und die beiden Frauen. Übrigens könnte dir unser Mann dort auch helfen. Lutz Bauer, er soll dich anrufen. Wenn du meinst, dass eine Story daraus werden könnte, ruf mich an. Hanne Mertner weiß mich immer zu erreichen. Over and out."

Die alte Formel von vielen Fahrten auf See. Ich hängte ein. Um zehn Minuten später mit Frau Dr. Kornell zu sprechen.

Zum ersten Mal bedauerte ich, keinen PC zu besitzen. Sie bot mir an, im Archiv von *Weltbild* frei zu stöbern. Ich konnte das Angebot nur ablehnen.

„Aber ein Fax haben Sie?"

„Ja." Und ich nannte ihr die Nummer: Heiko Husmanns, *Charter und mehr*, Bensersiel. „Da kommt gerade mein Auftrag: Ich soll für *Weltbild* über Rosalba Carriera recherchieren."

„Wir bleiben in Verbindung. Ich faxe Ihnen, was wir zu den Themen haben."

Gerd hatte an alles gedacht. Es kam gleich das zweite Fax hinterher: Ein Recherche-Auftrag über Helmut Maanens und seine Firma Immobilien Maanens. Sollte ich mich irgendwo legitimieren müssen, würde eins der beiden Faxe reichen.

Ich müsste Lisbeth über meine neuen Pläne informieren. Wie immer freute sie sich, wenn ich an Land war und wir die Nächte zusammen verbringen konnten. Die Tage gehörten dem *Deichgrafen*. Ihr Vater hatte ihr das Gasthaus überschrieben und sie hatte daraus ein blühendes Unternehmen gemacht, das ihr in der Saison tagsüber kaum Zeit ließ. Ich erklärte ihr mein Anliegen.

„Und deswegen willst du nach Frankfurt? Was versprichst du dir davon?“

Meine Antwort klang dürftig, aber sie ließ sie durchgehen: „Ich möchte rausfinden, was mit Maanens und diesem Bild los ist.“

Komrusch war überhaupt nicht überrascht, dass ich nach Frankfurt wollte.

„Da hast du alles zusammen“, sagte er. „Die Benz, die Ommenbach, Maanens. Und soweit ich weiß, gibt es da genügend Museen oder Bibliotheken, wo du sicher alles nachlesen kannst über die Malerin.“

„Und wie machst du weiter?“

„Ich kümmer mich mal um die Anna Kassner. Und dann müsste man mehr über den toten Russen rauskriegen. Ich höre und seh mich mal ein bisschen um. Gleich habe ich einen Termin bei meinem Doktor.“

„Alles in Ordnung?“, fragte ich.

„Ich will nur mal so ein bisschen was wissen. Zum Beispiel über Zucker. Mal sehen.“

Und dann spuckte mein Fax zehn Seiten aus, während ich meine Reisetasche packte.

Ich überflog die Seiten.

Helmut Maanens: ein Porträt aus der FAZ, eine Zeichnung und ein kurzer Text dazu. Dann etwas über Grundstückspreise im Westend von Frankfurt. Etwas über Frankfurter Mäzene. Ausrisse über Immobilienhaie. Der enger werdende Markt.

Ich hatte also genug zu lesen.

Dann meldete sich Lutz Bauer, der *Weltbild*-Mann aus Frankfurt.

„Brauchen Sie ein Hotel?“ Eine hessische Stimme. „Ich besorg Ihnen eins. Mittelklasse. Wie lange? Drei Tage. Gut. Ihre Handynummer habe ich. Sie kommen heute Abend an. Dann könnten wir uns ja noch sehen. Bis bald.“

Wenn ich nicht unendlich viel Zeit verschwenden wollte, sollte ich ab Bremen den Intercity-Express nach Frankfurt nehmen. Ein Mann mit einer Reisetasche braucht keine Reservierung.

Also per Zug nach Frankfurt.

Ich stellte gerade mein Telefon schon auf Umleitung auf mein Handy ein, als sich das Faxgerät mit leisem Pfeifen meldete.

Ich griff das Blatt ab, ließ hinter mir die Tür zufallen und stieg ins Auto.

Und las, was Frau Dr. Kornell mir handschriftlich zugefaxt hatte:

„Das Bild *Zar Peter in Zaandam* von Rosalba Carriera befindet sich im Besitz des Rodell-Museums Frankfurt am Main. Und zwar seit 1958. Kontaktperson: Dr. Uli Andres. Gruß: Kornell."

Ich hatte also auch noch neuen Stoff zum Nachdenken.

Dazu sind Züge der ideale Ort.

Gerade als ich mein Handy abschalten wollte und der ICE aus dem Bremer Hauptbahnhof fuhr, meldete sich Lutz Bauer.

Er hatte für mich ein ruhiges Zimmer mit Bad in einem Hotel im Frankfurter Westend reserviert und sogar einen Journalistenrabatt rausgeschunden. Aber treffen könne er mich nicht. Er musste dringend nach Nürnberg, würde sich aber wieder melden.

Nun ja, in Frankfurt würde ich mich sicher auch allein zurechtfinden.

Elf

Dr. Uli Andres hatte ich für einen Mann gehalten. Aber die rheinländisch klingende Stimme war die einer jungen Frau.

„Sie finden das Rodell-Museum auf der Sachsenhäuser Seite des Mains. Das Staedel ist das größere, das Rodell liegt vierhundert Meter weiter flussabwärts. Wenn Sie um elf Uhr da sein könnten."

Also über den Fluss und in die Bilder. Ich ging zu Fuß und traf tatsächlich in der Nähe des Bahnhofs auf ein Schild mit der Aufschrift *Maanens Immobilien*. Er besaß für ein Bürohochhaus am Baseler Platz das alleinige Vermietungsrecht. Wenn ich sah, was ringsum sonst noch an Hochhäusern gebaut wurde, nahm ich an, er würde es damit sicher nicht leicht haben. Denn Büroraum entstand in Frankfurt offensichtlich jeden Tag neu. Was ging in einem Bauherrn vor, der sein Objekt einem einzigen Makler anvertraut? Wären nicht mehrere sinnvoller?

Ich verstand nichts von diesem Geschäft.

Mein Haus in Bensersiel hatte ich nach einem Gutachten per Handschlag gekauft und mit der Volksbank finanziert.

Ich überquerte den Fluss auf einer schmalen Fußgängerbrücke und ging dann auf der anderen Seite weiter. Tief liegende Lastkähne. Ruderer. Ein Boot der Wasserschutzpolizei lief langsam flussab. Ohne die Hochhäuser der Banken drüben in der Innenstadt wäre Frankfurt eine flache Stadt, in der nur der Dom gen Himmel ragte.

Das Staedel-Museum auf meiner Seite war unübersehbar. Schulklassen sammelten sich vor der breiten Treppe. Das Rodell-Museum war erheblich kleiner und lag hinter einem Garten.

„Wir spezialisieren uns auf Porträts."

Dr. Uli Andres, Anfang dreißig, freundlich lächelnd, schmalgesichtig, dunkeläugig, mittelblondes, halblanges Haar, erklärte mir das Anliegen dieses Museums.

Eine Kanne Kaffee und zwei Tassen auf dem Tisch, ein Block, eine Pressemappe.

Auf mein Fax zur Legitimierung warf sie nur einen kurzen Blick.

Ich hatte mir unterwegs meine Geschichte zurechtgelegt. *Weltbild* plante ein Heft über Venedig und das Venedig des Nordens, Sankt Petersburg. Und da hatte ich den Auftrag, über Rosalba Carriera und Peter I. zu recherchieren.

„Da bin ich doch bei Ihnen an der richtigen Stelle."

Lächeln, mit einem gewissen Zögern. „Ja, was wollen Sie denn wissen?"

Ich erzählte ihr, was ich über die Malerin und den Zaren wusste.

„Ich brauche einfach ein bisschen mehr Hintergrund. Irgendwo habe ich gelesen, die Carriera sei gar nicht die Malerin. Aber das Bild ist in Ihren Beständen? Hängt es denn oder lagert's im Archiv?"

Die Antwort kam schnell. „Archiv wäre die richtige Antwort. Wissen Sie, wir können nicht immer alle Bilder hängen. Das Problem haben viele Museen, ganz besonders die älteren."

„Und wie kam das Bild in den Besitz des Rodell-Museums?"

Sie notierte sich etwas. „Das kann ich Ihnen aus dem Kopf nicht sagen. Aber ich kann es leicht herausfinden. Wir haben natürlich die entsprechenden Unterlagen. Ich müsste nachlesen. Leider bin ich nicht befugt, Fremde an diese Unterlagen zu lassen. Wie viel Zeit haben Sie denn?"

„Ich müsste morgen früh zurück."

Sie blickte auf die Uhr über ihrer Tür. „Was halten Sie davon, wenn wir uns um vier Uhr hier wieder treffen? Ich kann inzwischen ins Archiv und alles Schriftliche heraussuchen, was wir zu dem Thema haben. Ich nehme mal an, Sie brauchen von dem einen oder anderen Kopien."

„Mit Kopien vermeidet man Missverständnisse."

Sie lächelte sybillinisch und begleitete mich bis zum Ausgang. Klickende Schritte auf Marmor. Die junge Pressedame reichte mir gerade bis zur Schulter, trotz ihrer hohen Pumps. In der kleinen Halle standen auf einer Marmorwand Namen von Firmen und Privatleuten.

„Unsere Sponsoren", sagte sie. „Nach alter Frankfurter Tradition fördern Frankfurter Bürger ihre Museen."

„Wenn sie das Geld dazu haben!"

„Das verdient man in dieser Stadt ganz gut."

„Auch im Museum?"

„Leider nicht. Wir werden nach BAT bezahlt. Bis dann, um vier Uhr."

Ich nutzte die Zeit, um im Buchladen des Staedel-Museums, in zwei spezialisierten Läden in der Nähe der Paulskirche und im Buchladen der Schirn, des Museums in der Nähe des Römers, nach einem Buch über Rosalba Carriera zu fahnden: ergebnislos. Im Museum für moderne Kunst versuchte ich es gar nicht erst und auch die kleinen Kunst-Boutiquen in der Nähe machten mir wenig Hoffnung.

„Sie könnten es ja mal in Antiquariaten versuchen. Oder im Internet", hörte ich dort immer wieder.

Ich wusste also, was ich nach der Saison im Herbst vor mir hatte: mir einen PC anzuschaffen und mich mit ihm vertraut zu machen. Nur im Augenblick half mir das nichts. Und auch in einem Internet-Café an der Zeil kam ich nicht weiter. Ich hätte zwar für billiges Geld surfen können, aber es gab niemanden, der einem Laien wie mir beibrachte, wie man das tat.

Also ergebnislos zurück zu meiner hübschen Pressedame im Rodell-Museum.

Ein paar Besucher standen an der Kasse, zwei Herren in der üblichen Uniform machten die Aufseher, die junge Frau ließ mich nicht lange warten.

„Wollen Sie sich mal umschauen?“

Sie merkte, wie begrenzt mein Interesse war und führte mich gleich in ihr Büro.

Auf dem Platz, den ich am Vormittag verlassen hatte, lagen ein paar Fotokopien. Es warteten neue Tassen und heisser Kaffee, eine Kanne brachte ein Mann herein, der offenbar Faktotum war. Er kam noch einmal, um Fotokopien zu machen.

Ich erfuhr, was ich schon wusste.

Und fand bestätigt, was mir Charlotte Ommenbach gesagt hatte. Das Bild war zunächst der Carriera nicht zugeschrieben worden. Aber dann war es in zwei wissenschaftlichen Arbeiten belegt worden.

Dr. Uli Andres legte mir ein Blatt auf den Tisch mit der Überschrift *Quellen über die Zuschreibung*.

Und darunter zwei Abschnitte:

Die Korrespondenz der Rosalba Carriera: Dissertation, Berlin, 1877, Seite 16 f. Verfasser: Theobald von Vacarano.

Zar Peter als Stadtgründer: aus dem Russischen übersetzt. Sankt Petersburg, 1903, Fußnote auf Seite 24. Autor: Alexander Meschnikoff.

Sie nickte, als ich das Blatt vor mich legte.

„Es besteht also kein Zweifel an der Urheberschaft, Frau Dr. Andres?“

Sie schüttelte den Kopf. „Die Malerin ist die Carriera. Der Abgebildete Zar Peter I., der Große. Zufrieden?“

„Danke, ja. Aber wie kam das Bild nun in den Besitz des Rodell-Museums? Ist das bei Ihnen auch dokumentiert?“

Sie nickte, als habe sie die Frage erwartet. „Das Bild ist 1958 in die Bestände des Rodell-Museums gekommen. Als Legat einer Frankfurter Bürgerin, einer Juliane Hochstein. Sie hat es testamentarisch unserem Museum vermacht.“

Sie sah mich an, als erwarte sie einen Kommentar. Aber ich lächelte nur auffordernd zurück.

„1969 hat eine Kollegin aus Köln eine Dissertation mit dem Titel *Carriera malt den Zimmermann. Zuordnung eines un-*

bekannten Porträts geschrieben. Die Arbeit wurde mit *summa cum laude* bewertet und in zweihundert Exemplaren gedruckt. Sie finden sie sicher in der Deutschen Bibliothek."

„Wenn ich die Zeit hätte. Aber die Zuordnung ist sicher. Das genügt mir."

„Das Bild wurde 1970 anlässlich einer Carriera-Ausstellung in Venedig zum ersten Mal ausgestellt."

„Also aus Ihrem Besitz."

„Genau. Es ging von Frankfurt nach Venedig und kam nach Frankfurt zurück."

Sie blätterte in den Papieren vor sich.

„Und dann geschah, was häufig mal passiert. Jemand hatte das Bild in Venedig gesehen und bot uns zweihundertfünfzigtausend Dollar dafür!"

„Hallo", sagte ich, „das ist ja ein stolzer Preis."

„Das müssen Sie so verstehen: Das Bild taucht neu auf, ist ohne Zweifel echt und zeigt einen berühmten Mann. Dafür zahlen Liebhaber schon hohe Preise."

„Sie haben aber nicht verkauft."

Sie schüttelte den Kopf. „Wir haben das Bild aber für die Summe versichert."

„Sind denn nicht alle Bilder in allen Museen immer versichert?"

Sie lachte, hob das Kinn dabei. Ein Grübchen. „Wo denken Sie hin? Das kann ja niemand bezahlen. Nein, nur bedeutende Bilder sind versichert."

„Das Zarenbild ist also ein bedeutendes Bild!"

„Und ob! Wir haben es sogar später noch höher versichert. Uns lag ein Angebot über fünfhunderttausend Dollar vor."

„Wird man da nicht weich? Das ist für ein Museum eine Menge Geld, für das es viele andere Bilder kaufen könnte."

„Wenn man denn mit Bildern handelt. Unsere Kuratoren waren dagegen. In den Statuten des Rodell-Museums heißt es seit 150 Jahren, dass ein Bild, das einmal rechtmäßig in den Besitz des Museums gelangt ist, nie wieder verkauft werden darf."

Ich freute mich über den Kaffee. Er half mir, meine Verblüffung zu bekämpfen.

Wenn Frau Dr. Uli Andres recht hatte, konnte Helmut Maanens nicht das Original besitzen!

„Wissen Sie, wie die Frankfurter Bürgerin, diese Frau Hochstein, an das Bild gekommen ist? Es wurde doch um 1700 gemalt und 250 Jahre später dem Museum vermacht. Wo war es in der Zwischenzeit?"

Die junge Frau stand auf, öffnete die Glastür eines Schranks links neben ihrem Schreibtisch und nahm ein großes Buch heraus, größer als eine Aktentasche, mit grünem Schutzumschlag. *Im Glanz des Zarenhofes* las ich.

Sie drehte das Buch auf dem Tisch so, dass ich es aufschlagen konnte.

Der Prachtband mit Schwarzweißfotos war 1911 gleichzeitig in Sankt Petersburg und Berlin erschienen. Im letzten Drittel zeigte er Wohnhäuser deutscher Bürger in der Stadt.

„Schlagen Sie Seite 282 auf!"

Eine Innenaufnahme eines Salons der Jahrhundertwende, graubraun getönt. Ich entdeckte das Porträt sofort. Es hing an einer Wand über einer Sitzgruppe mit schweren Polstern. Die Bildunterschrift benannte den Raum: Salon des Dr. Peter von Maanens, Hoflieferant.

Noch immer mochte ich meiner freundlichen Helferin nichts von Helmut Maanens erzählen. Also schob ich das Buch weg und sah hoch, als sei ich verblüfft.

„Das ist doch das Bild, nicht wahr, das da an der Wand?"

Sie nickte. „Es hat also offenbar um diese Zeit einem Bürger in Sankt Petersburg gehört, einem Mann mit deutschem Namen: von Maanens. Mehr wissen wir nicht."

Also hatte Helmut Maanens mir nichts vorgemacht. Der Zar hatte das Porträt seinem Vorfahren geschenkt, der Beweis lag hier vor mir in dem Bildband.

Nur von einer Juliane Hochstein hatte Maanens nichts gesagt.

„Soll ich Ihnen eine Kopie von der Seite machen?"

„Gern."

Sie ging zur Tür und der Mann, der offenbar im Nebenraum gewartet hatte, nahm ihr das Buch ab.

„Sie fotokopieren das am besten im Keller, zweite Treppe rechts, vor dem offenen Regal."

Eine Frau, die präzise Anweisungen liebte.

Ich sammelte die Blätter ein, deutliches Zeichen, dass ich gehen wollte. Fünf Uhr dreißig.

„Ich würde mir das Bild ja gern mal ansehen", sagte ich, „auch wenn es nicht hängt."

Sie legte den Kopf zur Seite, strich sich durch das Haar.

„Das geht leider nicht. Unser Archiv ist wie die Bibliothek nicht öffentlich. Sie müssten also einen Antrag an den Direktor stellen."

„Und Sie würden keine Ausnahme machen?"

Wieder dieses geheimnisvolle Lächeln.

„Selbst wenn ich wollte, ginge es nicht. Ab fünf Uhr ist das Archiv geschlossen. Da kommt niemand mehr rein. Selbst unser Chef nicht. Sicherheitsbestimmungen, verstehen Sie."

So kam ich also um das Vergnügen, mir im Rodell-Museum ein Bild anzusehen, das ich vor drei Tagen noch auf Spiekeroog gesehen hatte.

Was würde passieren, wenn ich meiner freundlichen Pressedame davon berichtete?

Ich beschloss, es nicht darauf ankommen zu lassen. Ich verabschiedete mich ohne Antwort auf diese Frage.

Draußen am Fluss setzte ich mich auf eine Bank, um meine Gedanken zu sammeln und die nächsten Schritte zu überlegen.

Mich störte das Gedudel aus einem CD-Player, mit dem ein junger Mann ein noch jüngeres Mädchen beeindrucken wollte. Das Flussufer schien ein beliebter Ort zu sein, vor allem eine Joggingstrecke. Ich zählte sieben Läufer in drei Minuten. Hundebesitzer mit Bewegungsdrang führten ihre Tiere an der Leine.

Und dann wusste ich, was ich als Nächstes tun musste. Ich nahm mein Handy und rief Gerd in Hamburg an.

„Gerd“, sagte ich, als die Mertner mich verbunden hatte, „hier habe ich eine Story für dich. Ich habe auf Spiekeroog ein Bild gesehen, das angeblich im Archiv des Rodell-Museums in Frankfurt hängt.“

Gerd war nicht zu verblüffen.

„Du wirst auf Spiekeroog eine Kopie gesehen haben.“

„Die auch.“

„Und wo ist dann die Story, Skipper?“

„Lass es dir erklären“, sagte ich.

Zwölf

Von der Hauptwache aus meldete ich mich bei Immobilien Maanens, Frankfurt. Eine Mitarbeiterin konnte offenbar mit meinem Namen etwas anfangen und sagte mir, ich sollte um 19 Uhr in der Rossertstraße 44 sein. Um diese Zeit käme Herr Maanens regelmäßig noch mal ins Büro, ehe er nach Haus nach Buchschlag fuhr. Sie würde ihn informieren, weil sie um fünf schon das Büro verließ.

Der große Maanens betrieb also seine Geschäfte offenbar nur mit einer Hilfskraft, die pünktlich den Bleistift fallen ließ.

Gerade als ich im Frankfurter Westend in die Rossertstraße einbiegen wollte, meldete sich Gerd über mein Handy.

„Kannst du reden?"

Ich blieb stehen. Hinter mir an der Haltestelle des Busses in der Siesmayerstraße am Nebeneingang zum Palmengarten quengelten zwei kleine Kinder und zerrten an den Armen einer älteren Frau.

Ein Mann stand unbewegt daneben und las in einer gefalteten Zeitung.

„Ja, ich bin gerade auf dem Weg zu Maanens."

„Okay. Ich mache es kurz. *Zar Peter in Zaandam* ist 1999 aus dem Archiv des Rodell-Museums in Frankfurt gestohlen worden. Ich habe das polizeiliche Bearbeitungszeichen. Die Polizei wurde in die Suche eingeschaltet, aber die Presse nicht informiert. Das Bild ist immer noch nicht wieder aufgetaucht."

Ich blieb stehen und sah die Wartenden an der Haltestelle. Ein Bus rollte heran und verdeckte sie.

„Und woher weißt du das? Und auf die Schnelle?"

Lachen, Gerds typisches Lachen. „Also, das kann ich mit einem Telefonat rausbekommen."

„Und wie, bitte?"

„Du musst eine Dr. Anina Krishnan in Düsseldorf kennen. Sie ist die Geschäftsführerin von Search. Diesem Unternehmen melden alle Galerien oder Museen, aber auch Privatleute, wenn ihnen ein wertvolles Kunstwerk gestohlen wurde. Die Search-Leute helfen dabei, es wieder zu beschaffen. Die überprüfen zum Beispiel jeden Katalog vor jeder Versteigerung. Na, und so weiter. Also, wir haben vor genau einem Jahr über Search berichtet. Die Frau hat mich interessiert. Und da habe ich heute wieder angerufen."

Der Profi weiß eben auf Anhieb, wo er suchen muss, während unsereiner mit der Stange im Nebel herumstochert. Im Nebel der Kunstwelt.

„Sehr gut. Ich habe von denen noch nie was gehört. Die würden mir auch sicher nichts sagen."

„Vermutlich nicht. Nein, ganz bestimmt nicht. Also, merk dir das Aktenzeichen der Polizei. Versichert war das Bild übrigens bei der Darmstädter Alten Versicherung, die sich auf Kunst spezialisiert hat. Das reicht ja wohl erst mal. Halt mich auf dem Laufenden. Und noch was: Mach keinen Scheiß. Pass auf dich auf."

Maanens, Helmut Maanens, besaß also ein gestohlenes Bild. Ein aus dem Rodell-Museum gestohlenes Bild, zu dessen Sponsoren er zählte. Das war ja nun wirklich eine Story!

Zwar war das Bild mal in Familienbesitz gewesen, wie das Foto in dem Buch zeigte. Aber ganz sicher war es durch eine Juliane Hochstein dem Museum vermacht worden. War diese Frau eine Verwandte von Maanens? Es würde ein interessantes Gespräch mit Helmut Maanens werden, soviel stand jetzt schon fest.

Der Bus war davongefahren, der Mann stand immer noch da. Offenbar gingen vom Palmengarten viele Buslinien ab.

Haus Nr. 44 entpuppte sich als ein schmaler Neubau zwischen zwei renovierten alten mehrstöckigen Wohnhäusern, an deren Türen große Messing- und Emailleschilder glänzten. Anwälte, Notare. Und mittendrin, wie praktisch, Maanens Immobilien, an einem kleinen Schild erkennbar. Neben der Tür eine Einfahrt zur Tiefgarage, mit einem Gitter verschlossen.

Die Haustür öffnete sich auch erst, als ich meinen Namen genannt hatte. Maanens' Stimme: „Kommen Sie in den zweiten Stock."

Der Aufzug kam von unten aus der Tiefgarage und hielt ohne Ruck im 2. Stock. Maanens stand in der Tür, die in einen Flur mit mehreren Büroräumen führte.

Er trug einen Nadelstreifenanzug, weißes Hemd, Krawatte, glänzende Schuhe.

„Sie hier! Welche Überraschung. Kommen Sie rein!"

Ein Maanens, der nichts mehr mit dem von der *Opa Reimer* oder dem aus Spiekeroog zu tun hatte.

Wir saßen in einem ziemlich leeren, holzgetäfelten Büro in zwei Sesseln. Das Telefon war umgeschaltet. Es roch schal nach Kaffee.

„Ich könnte Ihnen einen Cognac anbieten. Was führt Sie zu mir? Suchen Sie in Frankfurt eine Immobilie, Skipper?"

„Nee, aber das Ende von etwas."

„Und das wäre?"

„Ich wollte gern ganz genau wissen, was es mit dem Bildnis des Zaren auf sich hat. Nein danke, keinen Schnaps."

Ich muss sagen, in diesem Augenblick fühlte ich mich vor Maanens doch ein bisschen verdreht. Um ein paar lose Enden zusammenzuführen, reist man durch halb Deutschland. Entsprechend verblüfft sah mich Maanens an.

„Was wollen Sie denn noch wissen? Das Bild ist Familienbesitz. Ich habe Ihnen das doch auf Spiekeroog alles erzählt."

Er blieb aufrecht sitzen, zog aber die Hände von der Tischplatte und faltete sie auf dem Schoß. Es war mucksmäuschenstill, schon zu dunkel für die Singvögel, die sicherlich tagsüber in den Linden vor dem Haus zu hören waren.

„Und warum malt Frau Ommenbach eine Kopie?"

Er lachte und fuhr sich mit Handrücken über die Stirn.

„Das könnten Sie doch am Telefon herausbekommen. Sie wissen, dass wir zusammenleben. Rufen Sie sie in Buchschlag an. Aber ich kann es Ihnen auch sagen. Ich habe mir das gleiche Bild auch für Spiekeroog gewünscht. Anstatt das Original immer mitzunehmen, wollten wir einen Zaren als Kopie auf Spiekeroog und das Original in Buchschlag lassen. Frau Ommenbach hat das nötige Talent, eine perfekte Kopie zu machen. Sie haben die ja gesehen."

Genau das hatten Komrusch und ich vermutet. Und bis vor zwei Stunden hätte ich auch keinen Zweifel daran gehabt.

„Aber das Original wurde gestohlen." Ich hatte mich nicht präzise genug ausgedrückt und wiederholte: „Das Bild *Zar Peter I. in Zaandam* von Rosalba Carriera wurde 1999 aus dem Rodell-Museum in Frankfurt gestohlen."

Er reagierte sofort.

„Wie kommen Sie denn darauf? Wer erzählt Ihnen so etwas?"

„Das ist doch völlig gleichgültig. Sie sagten, das Zarenbild sei seit dem letzten Jahrhundert im Besitz Ihrer Familie. Das Museum sagt mir, es lagere seit 1958 im Archiv als Legat einer Julia Hochstein. Und die Leute, bei denen alle entsprechenden Diebstähle gemeldet werden, bestätigen, es sei 1999 gestohlen worden. Hier ist das Aktenzeichen der Frankfurter Kripo. Nun wissen Sie, warum ich hier bin."

„Und wer schickt Sie? Glauben Sie denn das wirklich?"

„Seltsamerweise deckt sich Ihre Geschichte mit der, die ich im Museum gehört habe, bis etwa 1911."

„Sie haben mit Frau Dr. Uli Andres gesprochen? Eine reizende junge Dame, aber ihr fehlt natürlich noch viel Erfahrung."

„Wie auch immer. Ich habe in einem Riesenwälzer ein Foto eines Petersburger Salons gesehen, eines der von Maanens'. Offenbar Ihrer Großeltern. Darin war das Bild zu sehen, das bei Ihnen in Spiekeroog über dem Kamin hing."

Er nickte nachdenklich. „Es ist dasselbe. Sie haben genau hingesehen. Mein Großvater nahm es mit."

„Das weiß ich alles. Aber dasselbe Bild kann doch nicht bei Ihnen in Spiekeroog oder Buchschlag hängen und im Archiv des Museums lagern! Es wurde gestohlen. Sie besitzen ein gestohlenes Bild! Wie sind Sie daran gekommen? Ausgeliehen haben Sie es bestimmt nicht."

Er zupfte sich an der Krawatte. „Das ist eine längere Geschichte. Was halten Sie davon, wenn ich Ihnen in Buchschlag davon erzähle? Charlotte, ich meine Frau Ommenbach, ist eine passable Köchin, nicht so gut wie Frau Kassner. Aber sie wird etwas zaubern. Ich nehme Sie mit meinem Wagen mit. Wo sind Sie abgestiegen? Sie werden mit einem Taxi zurückfahren. Also, treffen wir uns unten vor der Tiefgarage. Aus dem Haus kommen Sie raus. Ich schließe dann ab. Ich muss eben nur noch ein Telefonat erledigen."

Warum nicht nach Buchschlag?

So fand ich mich also unten auf der Rossertstraße wieder, in der die ersten Laternen leuchteten. Ein warmer Sommerabend, aus dem Palmengarten wehte Musik rüber. Ein Bus ruckelte davon. Gleich hinter der Haltestelle warteten drei Taxis. Sie fanden wohl auch um diese Zeit unter den Anwälten und Notaren der Gegend noch ihre Kunden.

Die Straße war leer.

Ich zählte die Bäume und sah nach oben. Das Licht im zweiten Stock war erloschen.

Dann rauschte das Gitter hoch. Ein dunkler Mercedes rollte hoch und auf den Bürgersteig, das Gitter schloss sich lautlos hinter ihm. Ich trat auf den Wagen zu und sprang zur Seite. Maanens saß am Steuer, ohne mich anzusehen.

Neben ihm auf dem Beifahrersitz ein Mann, der ihm eine Pistole an den Kopf hielt.

Der Mann sah durch mich hindurch, als der Wagen Fahrt aufnahm.

Dann traf es mich wie ein Blitz. Ich kannte doch das Gesicht! Es war der Mann, der mit der Reisetasche mit den drei roten Streifen neben Frau Benz im Hafen von Spiekeroog gestern auf die Fähre gegangen war. Und der eben noch wie in einer Zeitung lesend an der Haltestelle gewartet und das Haus beobachtet hatte, in dem Maanens sein Büro hatte.

Der zweite Russe aus Sankt Petersburg.

Dreizehn

Ich fing an zu laufen, winkte den Taxis zu.

Das erste reagierte sofort.

„Hinter dem Mercedes her, vermutlich geht es nach Buchschlag. Verlieren Sie den nicht aus den Augen.“

„Na, denn“, meinte der Fahrer. Er stank nach Rauch. „Das wird Sie aber ein paar Euro kosten.“

Das Taxi rollte an, ich schnallte mich neben dem Fahrer fest und schaltete mein Handy ein.

Wir mussten bei Rot an einer Ampel halten. Der Mercedes verschwand. Wir brauchten Hilfe.

„Ich ruf die Polizei. Und Sie Ihre Zentrale!“

Der Taxifahrer sah mich fragend an. Schwarzer Schnurrbart, kräftige Nase. Die Augenbrauen zusammengezogen.

„In dem Mercedes wird der Fahrer von einem Mann mit einer Pistole bedroht.“

„Ach so.“

Grün, wir fuhren weiter.

Eins, eins, null – Notruf der Polizei.

„Hier ist Heiko Husmanns, ich rufe von meinem Handy aus einem fahrenden Taxi im Frankfurter Westend an. In einem schwarzen Mercedes wird der Fahrer von einem Mann mit Pistole bedroht. Der Mercedes kam eben aus der Rossertstraße 44 und fährt vermutlich nach Buchschlag.“

„Polizeiliches Kennzeichen?“, wollte die kühle Stimme im Hörer wissen

Ich hatte es mir nicht gemerkt.

„Fahrzeugfarbe?“

„Schwarz.“

„Mercedes, sagten Sie. Was für ein Typ?“

Wieder konnte ich nichts sagen.

„Ihre Handynummer? Wir rufen gleich zurück. Beenden Sie jetzt das Gespräch."

Versteh einer die Polizei! Warum zurückrufen?

„Warum melden Sie Ihrer Zentrale nichts?", fragte ich den Fahrer.

„Ich werde es melden, aber wie viele schwarze Mercedes gibt es in Frankfurt?"

Und dann hörte ich ihn seine Meldung machen.

„Welche Strecke wollen Sie nach Buchschlag fahren? Über die Autobahn oder am Bahnhof vorbei?", fragte er mich.

Mein Handy klingelte.

„Was haben Sie eben gemeldet?", wollte eine andere Stimme aus der Einsatzzentrale wissen.

„Der Fahrer eines schwarzen Mercedes wird von einem Mann auf dem Nebensitz mit einer Pistole bedroht. Der Wagen kam aus der Rosserstraße 44 und ist vermutlich nach Buchschlag unterwegs. Kennzeichen und genauen Wagentyp kann ich nicht nennen. Ich bin Heiko Husmanns. Reicht das? Warum tun Sie nichts?"

Der Fahrer bog nach links ab.

„Was meinen Sie, wie oft man uns auf den Arm nimmt. Darum müssen wir prüfen, ob so ein Anruf stimmt. Wir werden jetzt alles Nötige veranlassen."

Ende des Gesprächs mit der Polizei.

„Ich fahre durch die Stadt nach Buchschlag", sagte der Fahrer, der mein Gespräch ruhig mit angehört hatte.

„Und was machen Ihre Kollegen? Es gibt doch ein paar hundert Taxis in Frankfurt, die mithelfen könnten."

Wieder Ampelrot.

„Da halten wir uns besser raus", sagte der Fahrer. „Das ist Sache der Polizei. Sollen wir jeden schwarzen Mercedes melden?"

In der Tat, ich musste zugeben, meine Meldung war alles andere als perfekt. Vermutlich würde die Polizei eine Fahndung beginnen. Aber mit welchem Erfolg?

Der Taxifahrer hielt sich sehr genau an die erlaubten Geschwindigkeiten, als wir den Main überquert hatten und schneller werden durften.

Maanens hatte vor Verlassen seines Büros sicher Frau Ommenbach angerufen. Ich müsste ihr sagen, was inzwischen passiert war.

Also die Service-Nummer meines Netzes anrufen! Eine freundliche Dame verband mich gleich weiter. Aber mein Anruf ging ins Leere. Entweder nahm die Ommenbach nicht ab oder sie war nicht im Haus.

Am Stadion vorbei überquerten wir eine Autobahn.

Eine Schnellstraße, die B 44, deutlich ausgeschildert.

Und da sahen wir die Flammen.

Der Fahrer bremste ab, brachte den Wagen hinter den Flammen zum Stehen.

Ein schwarzer Mercedes brannte lichterloh in einer Lücke der Leitplanken.

Der Taxifahrer sprach hastig ins Mikrofon am Rückspiegel.

Ich rannte raus.

Das musste Maanens' Wagen sein.

In diesem Augenblick schoss eine Stichflamme in die Luft und mir jagte eine Druckwelle entgegen.

Der Fahrer riss mich zurück.

„Wollen Sie draufgehen?"

„Ich muss da hin, einen Mann rausholen."

Er packte mich jetzt auch mit der zweiten Hand.

„Da können Sie keinem mehr helfen, glauben Sie mir."

Als ich am anderen Morgen nach Norden zurückfuhr, kaufte ich mir am Bahnhof alle drei Frankfurter Zeitungen.

Von dem Unfall auf der B 44 berichtete nur eine – mit einer achtzeiligen Notiz.

Ein Toter, ein Schwerverletzter. Der Schwerverletzte war ein Mann aus Buchschlag. Im ausgebrannten Wrack wurde neben dem Toten eine Pistole gefunden. Die Polizei ermittle.

Ich hatte der Offenbacher Polizei, die für den Abschnitt der B 44 und damit für den Unfall zuständig war, meine Personalien genannt und meine Telefon- und Handynummer angegeben. Man würde sich mit mir in Verbindung setzen.

Also gut, dann meldet euch mal.

Als das Handy klingelte, kurz vor Bremen, dachte ich, jetzt würde man mich befragen.

Aber es war Komrusch, der wissen wollte, wann ich wieder in Esens sei.

„Ich werde dich am Bahnhof abholen. Es gibt was Neues."

Er wollte am Telefon nicht darüber reden.

Und als ich ihm sagte, dass Maanens schwer verletzt im Krankenhaus liege, blieb er merkwürdig still.

Umsteigen in Oldenburg, in Sande – wir lagen hier oben ganz schön weit weg vom Weltgeschehen.

Komrusch wartete mit meinem Auto am Bahnhof in Esens und fuhr mich in den *Deichgrafen* nach Bensersiel.

Lisbeth kam aus der Küche, umarmte mich und sah mich prüfend an.

„Alles in Ordnung?"

„Eigentlich nicht", sagte ich. „Maanens ist schwer verunglückt."

Sie räumte das „Reserviert"-Schild von der blank geputzten Holzplatte des runden Tisches in der Ecke unter der ausgestopften Silbermöwe.

„Erbsensuppe?"

Wir nickten beide.

Sie kam mit zwei Gläsern und der Köhmflasche zurück.

„Ein Pils ist in Arbeit", sagte sie. Sie merkte, dass Komrusch etwas auf dem Herzen hatte und ließ uns allein. Die Tische waren ganz gut besetzt, der Lärm hielt sich in Grenzen.

Komrusch holte einen braunen Umschlag aus der Jackentasche, als die vollen Gläser auf dem Tisch standen.

„Hier", sagte er, „dies sind die Fotos vom Ansegeln auf Spiekeroog. Ich habe alle Fotografen in den Vereinen besucht. Und dann war ich beim Arzt."

Er sah nicht sehr gut aus, leerte das Schnapsglas nur zur Hälfte und nahm nur einen winzigen Schluck aus dem Bierglas.

„Bist du krank?", wollte ich wissen.

Er schüttelte den Kopf, zog die Fotos aus dem Umschlag und schob sie mir rüber.

„Das oberste ist das wichtigste."

Ein Farbbild, das groß zwei Menschen in einer Gruppe anderer zeigte: Anna Kassner neben einem Mann. Die Kassner hielt etwas in der Hand, dicht über der Schulter des Mannes.

„Was ist das?"

„Das Gerät, mit dem sie sich ihr Insulin spritzt."

„Hm. Es ging hoch her, damals. Das hat sie nicht so schnell wegstecken können."

Komrusch schüttelte den Kopf.

„Nee, Jungche, so war's nicht. Der da neben Anna Kassner ist der tote Russe vom Ansegelabend. Sie hat ihm gerade eine Ladung Insulin in die Schulter gegeben!"

„Du spinnst doch wohl."

„Nein, nein. Hör mal weiter. Wenn ein gesunder Mensch so eine Dosis Insulin verpasst bekommt, kriegt er das große Zittern. Wie damals der Russe."

„Woher weißt du das alles?"

„Ich war bei Tjark, meinem Arzt, und habe ihn ausgefragt."

„Und dann?"

„Wenn der behandelnde Arzt von dem Insulin nichts weiß und nur das Zittern des Säufers, sagen wir mal, abstellen will, spritzt er Valium. Aber beides zusammen bringt den stärksten Mann ins Jenseits."

„Also hat die Kassner den Russen umgebracht! Oder der Arzt? Der hat ihm doch Valium gespritzt. Und warum das alles? Warum sollte die Kassner das tun? Oder der Arzt? Das kapier ich alles nicht!"

„Ich werde es dir erklären. Ich habe mit Anna gesprochen, ich war auf Spiekeroog bei ihr. Mit Lisbeths Boot."

Wir löffelten erst mal unseren Teller Erbsensuppe leer.

Dann erzählte Komrusch, beide Ellbogen auf den Tisch gestützt und sich immer wieder mal das Kinn streichelnd, von seiner letzten Begegnung mit Anna Kassner.

„Ja, Jungche, es ist so. Sie hat dem Russen eine Ladung Insulin in die Schulter gejagt. Sie wollte ihn das große Zittern lehren, damit er abhaut."

„Und woher kannte sie den Russen?"

„Der Maanens hatte mit dem zu tun gehabt. Mehr hat sie nicht gesagt. Der Russe wollte dem Maanens an den Kragen."

Wie der andere Russe in Frankfurt, der ihn mit der Pistole im Auto bedroht hatte.

„Sie hat dem Russen Angst machen wollen. Das große Zittern hat er ja auch wirklich bekommen. Sie haben ihn weggetragen. Da ist dann der Himmen, der Inseldoktor gekommen, der Dienst hatte, und hat ihm Valium gespritzt. Davon hat die Anna nichts geahnt."

Ich musste schlucken.

„Sie hat nichts von dem Valium gewusst und dem Himmen auch nichts von dem Insulin gesagt?"

„Nein, Jungche. Sie hat geschwiegen über alles. Sie hat erst über die ganze Sache geredet, als ich ihr das Foto zeigte."

„Und was hat sie dazu gesagt?"

Er sah mich an, hellblaue Augen, die mich festhielten.

„Sie hat gesagt, du kannst ja zur Polizei gehen, dann weißt du, was passiert. Oder du hältst die Klappe."

Komrusch drehte das leere Schnapsglas zwischen den Fingern. Das Bier stand schaumlos im Glas, der Stumpen lag auf dem Rand des Aschenbechers. Ein unglücklicher Mann saß mir da gegenüber und sah viel älter aus, als er wirklich war.

„Was soll ich tun, Jungche?"

„Wo ist der tote Russe?"

„Längst in Russland, wahrscheinlich längst begraben."

„Und der Film mit dem Foto da?"

„Das Negativ hab ich hier."

„Hast du mit noch jemandem über die Sache geredet?"

„Nein."

„Was weiß dein Arzt?"

„Nur was Allgemeines über Insulin und Valium, nichts über den Vorfall, nichts von den Leuten."

Wir schwiegen. Ich sah Lisbeth näher kommen und abdrehen, als sie mir in die Augen sah.

„Liebst du die Anna?“

Er holte tief Luft.

„Ich weiß nicht, Jungche. Manchmal denk ich ja, manchmal denk ich nein.“

„Und sie, hast du mit ihr darüber gesprochen?“

Er schüttelte den Kopf.

„Dann tu das, Komrusch. Und bis dahin reden wir über die Sache mit niemandem. Und dann sehen wir weiter.“

„Jungche“, sagte er nur. Sein Lächeln war immer noch hilflos. Aber er schob seinen Arm über den Tisch und legte mir seine Hand auf den Ärmel.

„Ist schon gut, dass es dich gibt, Skipper.“

Vierzehn

„Ich würde gern mit Ihnen einen Strandspaziergang auf Spiekeroog machen. Charlotte Ommenbach."

Mehr stand auf der Karte nicht, die ich vierzehn Tage später in Bensersiel vorfand. Die *Opa Reimer* lag nach einem Törn durch die holländische Waddenzee wieder im Hafen, meine Gäste hatten es eilig, nach Hause zu kommen: Freitag Nachmittag. Am Sonntag würden die neuen Gäste da sein, einen Tag später als sonst üblich. Den Tag würde ich für einen Sprung nach Spiekeroog nutzen können, wenn Komrusch sich um mein Schiff kümmerte. Der Motor hatte beim Einlaufen gestottert und natürlich waren alle Vorräte auf Null.

„Mach ich, Jungche."

„Hast du inzwischen mit Anna Kassner geredet?", wollte ich wissen.

Komrusch nickte. „Sie ist sich noch nicht ganz klar!"

„Also kein Längsseitsgehen?"

„Na, ich werd's noch mal versuchen."

War die Sache damit vorbei? Abwarten.

Mal sehen, was ich von Charlotte Ommenbach Neues hören würde. Dann könnten wir immer noch entscheiden, ob wir was in Sachen Anna und der tote Russe unternehmen würden.

Ich erreichte die Ommenbach gleich beim ersten Anruf auf Spiekeroog. Wir verabredeten uns an der Strandhalle auf der Insel, eine halbe Stunde nach Ankunft der Morgenfähre.

Sie wartete auf mich im Windschatten der Halle, kam mir nicht entgegen, hielt den Kopf schräg und musterte mich aus dunklen Augen. Der Wind ließ ihr dichtes schwarzes Haar zittern. Sie trug kein Kopftuch.

Unten am Strand ging ich an luv, passte mich ihrem Schritt an.

„Schön, dass Sie gekommen sind.“

„Was macht Maanens?“

„Sie können ihn besuchen, wenn Sie wollen, er ist hier in seinem Haus.“

„Und wie hat er den Unfall überstanden?“

Ich sah, wie sie ihre Oberlippe zwischen die Zähne zog und erst nach ein paar Schritten antwortete.

Wir gingen auf dem festen Sand, auf dem wir unsere Schuhe anbehalten konnten. Der Lärm der Badenden war hinter uns verweht.

„Maanens hat sich von dem Unfall gut erholt. Aber er wird blind bleiben.“

„Lieber Gott“, sagte ich.

„Der Russe hat's nicht überlebt.“

„Mir tut das alles sehr Leid“, sagte ich, „ich habe da hoffentlich nichts losgetreten. Die ganze Geschichte fing ja lange vor mir an.“

Sie blieb stehen. Ganz flache winzige Falten um die Augen, zwei neben jedem Mundwinkel.

„Das könnte man sagen. Sie haben an dem Unfall keine Schuld. Maanens wäre vielleicht ohne Sie früher nach Hause gekommen und dann hätte der Russe ihn noch nicht oder nicht mehr in der Tiefgarage abfangen können. Und am nächsten Tag vielleicht Erfolg gehabt. Doch was nützen Konjunktive?“

Ihre Nasenflügel zitterten leicht.

„Aber das kann keiner wissen und vor allem, wir können es nicht mehr ändern.“

Das Rollen der Brandung tat uns gut. Es schien, als löse das Donnern der Seen auf den Sand auch in uns etwas. Maanens blind – oh Gott! „Wird er irgendwann mal wieder sehen können – eines Tages?“

Sie schüttelte den Kopf. „Nein, beide Augenbälle sind zerstört. Wollen Sie Einzelheiten wissen?“

Ich schüttelte stumm den Kopf. „Welche Rolle spielt der Russe in der Sache?“

„Können Sie sich's nicht denken?“

Sie hielt an, bückte sich, zog die Leinenschuhe aus und knotete die Bänder zusammen, hing sich die Schuhe über die Schulter und rollte die Hosenbeine hoch.

Ich folgte ihrem Beispiel und dann liefen wir in der Zone der auslaufenden Wellen, auf diesem harten, immer ein wenig kühlen Strandstreifen.

Fern auf der Kimm bewegte sich langsam ein Tanker nach Osten. Keine einzige Möwe über dem leeren Meer. Die hielten sich auf der Leeseite auf, in Hafennähe, auf den Wiesen, im Watt zwischen den Inseln und dem Festland.

„Der Russe war hinter dem Bild her!"

„Ich habe mir so etwas gedacht. Hat der Russe, der hier auf Spiekeroog starb, etwas mit der Sache zu tun?"

Sie blieb stehen, sah zu mir hoch und hielt den Kopf auf diese rührende Weise schräg. „Was genau wissen Sie und was wissen Sie nicht, Skipper?"

So begann ich ihr zu erzählen, was ich über die Sache wusste. Sie ging mit erhobenem Kopf neben mir her, als wolle sie kein Wort überhören. Gegen den Wind gehend musste ich laut reden. Sie änderte unseren Kurs unmerklich auf die Dünenkette zu und ich verstand. Wir stapften durch tieferen Sand und setzten uns an den Fuß einer Düne vor einen schmalen Streifen Gras, das im Winde wippte. Trockner, feinster Sand wehte über unsere Füße. Ich fing ihr den Wind ab.

„Ich werde Ihnen alles erzählen", sagte sie leise.

„Sie müssen das nicht. Obwohl ich gern alles wissen möchte."

Sie nickte, hob den Kopf und sah über meine Schulter hinweg auf die Kimm hinaus. Ich war mir nicht sicher, ob sie ein Make-up trug oder ob ihre Lippen immer so glänzten.

„Maanens' Großvater kam mit dem Bild nach Deutschland, nach Frankfurt", fing sie an. „Sie wissen, was hier in den zwanziger Jahren los war. Er hat das Bild in der Weltwirtschaftskrise verkaufen müssen – um zu überleben. Es ging an eine Galerie in Berlin. Wir wissen dann nicht, wie oft es noch den Besitzer wechselte. Aber schließlich erwarb es eine Juliane Hochstein in Frankfurt, die es dann 1958 dem Rodell-Museum schenkte."

„Das habe ich dort erfahren."

„Ich weiß, ich kenne die Uli Andres."

„Aber wie kam Maanens dann an das Bild?" Wieder kannte ich einen Teil der Geschichte. Er hatte natürlich davon gehört, dass der Zar dem Großvater einst ein Bild geschenkt hatte, und sich nie damit abgefunden, dass es verkauft worden war.

„Erst 1969 tauchte es wieder öffentlich auf. In Köln schrieb eine junge Frau ihre Dissertation über das Bild."

Die junge Doktorin der Kunstgeschichte interessierte sich zwar nur am Rande für die Besitzfolge, konnte das Loch zwischen Verkauf durch den Großvater und Kauf durch Juliane Hochstein aber auch nicht füllen.

„Das ist eigentlich auch nicht wichtig. Jedenfalls konnte sie das Bild eindeutig der Carriera zuschreiben."

„Und daraufhin wurde es teuer, hoch versichert und bekannt."

Charlotte Ommenbach nickte nur.

„Maanens erfuhr erst 1999 davon, als er den Bildband *Im Glanz des Zarenhofs* irgendwo antiquarisch erstand. *Zar Peter in Zaandam* war also das Bild, das der Familie Maanens gehörte."

„Gehört hatte. Der Großvater hat es verkauft."

„Natürlich haben Sie Recht. Dennoch war es für Helmut Maanens das Familienbild. Er wollte es haben."

Das nächste war eine Bestätigung dessen, was ich im Rodell-Museum erfahren hatte. Es war nicht zu verkaufen. Und selbst als Sponsor, der dem Museum einiges Geld gestiftet hatte, konnte er es nicht einmal ausleihen.

„Die Satzung des Museums verbietet Verkäufe. Man kann darüber streiten, ob so etwas sinnvoll ist. Also musste Maanens sich etwas anderes einfallen lassen."

„Einen Diebstahl!"

„Was blieb ihm übrig? In der einschlägigen Frankfurter Szene kann man Experten für alles finden. Häufig reisen die aus der Ferne an, erledigen den Job, kassieren und verschwinden sofort wieder. Er fand also zwei Russen – aus Sankt Petersburg, zufällig aus Sankt Petersburg. Sie holten ihm 1999 das Bild aus dem Archiv des Rodell-Museums bei einer Umhänge-Aktion, kassierten ihren Lohn und verschwanden sofort wieder."

„Und warum wurde über den Diebstahl nichts in der Presse bekannt?"

Sie sah mich fragend an. „Sie haben offenbar nichts von einem der größten Kunstdiebstähle gehört? In Frankfurt verschwanden 1994 aus der Schirn, dem großen Museum beim Römer, zwei ausgeliehene Ölgemälde von William Turner. Sie waren für fünfunddreißig Millionen Euro versichert. Und sind bis heute nicht wieder aufgetaucht. Wenn Frankfurt mit seinen Museen Schwierigkeiten beim Ausleihen von Kunst für große Ausstellungen vermeiden wollte, verschwieg es so etwas wie den Diebstahl eines Bildes, das für ganze fünfhunderttausend Euro versichert war. In der Presse stand also nie etwas. Lediglich Search in Düsseldorf erfuhr davon. Sie wissen, wer Search ist?"

Der Tanker hing immer noch auf der Kimm, doch seine Silhouette hatte sich verkürzt. Vermutlich drehte er in das Fahrwasser nach Wilhelmshaven. Auf dem harten Sandstreifen am Wasser ließen sich zwei Radfahrer vom Wind nach Westen treiben.

Ich nickte, Gerd hatte mir von den Düsseldorfern erzählt, die sich um die Wiederbeschaffung gestohlener Kunstwerke kümmern. „Aber die Russen tauchten wieder auf."

„Zuerst nicht. Maanens bekam ein Angebot, und zwar 2001. Ein unbekannter Sammler wollte kaufen. Maanens wurde misstrauisch. Woher wusste der Sammler, dass er das Bild besaß? Die Anfrage erfolgte per Telefon. Der Anrufende identifizierte sich nur als Sammler von Zarenporträts. Und als Russe.

Wir haben nie rausbekommen, wer dieser Mann war. Als Maanens ablehnte, gab es keinen Anruf mehr. Aber dann tauchten die beiden Russen wieder auf, die damals für Maanens das Bild aus dem Rodell-Museum gestohlen hatten. Ich kannte sie nicht."

„Seit wann kennen Sie Herrn Maanens?", wollte ich wissen.

„Kennen? Seit vier, fünf Jahren."

Ich entschied mich, direkt nach der Vorgängerin zu fragen.

„Es gab eine Sabine Benz, von der ich auf Spiekeroog hörte. Sie tauchte da kurz mit einem Russen auf."

„Reden wir nicht drum rum, Skipper. Sabine Benz war bis vor anderthalb Jahren Maanens' Lebensgefährtin. Dann trennten sie sich. Pause. Seit letztem Herbst leben Helmut und ich zusammen. Er will mich heiraten."

Als Malerin einen blinden Mann heiraten? Er würde niemals ihre Arbeiten erleben können. Was nützt da aller Reichtum? Sie hatte gesagt: Er will mich heiraten. Nicht: Wir wollen heiraten. Also hatte sie wohl noch Zweifel. Interessierte sie sich für sein Immobiliengeschäft? Konnte ein Blinder es allein weiterführen? Doch wohl kaum.

Die beiden Russen bekamen schnell raus, dass Sabine Benz und Maanens sich getrennt hatten. In dem kleinen Buchschlag wusste das offenbar jedes Kind.

Sabine Benz war weggezogen in eine kleine Wohnung im Frankfurter Nordend.

„Die Russen fanden sie dort. Und versicherten sich ihrer Mithilfe. Denn Sabine wusste als Maanens' langjährige Gefährtin von dem Diebstahl. Die Anna Kassner natürlich auch. Nur ich hatte bis zur letzten Woche davon nie etwas gehört."

„Sabine? Kannten Sie Frau Benz, Ihre, sagen wir mal, Vorgängerin?"

„Natürlich. Wir sind nicht befreundet, aber wir kennen uns. So groß sind die Gesellschaftskreise, in denen wir uns bewegen, in Frankfurt nicht."

Maanens hatte sich von seiner langjährigen Gefährtin getrennt und ihr lediglich eine Wohnung kostenlos zur Verfügung gestellt.

„Sabine Benz arbeitet jetzt in einem Zeitschriften- und Buchvertrieb. Die Russen haben ihr fünfzigtausend Euro angeboten, wenn sie hilft, das Bild zu bekommen – auf diese oder jene Weise."

Die Ehemalige wusste, dass man nach einem Nein mit Maanens nicht neu verhandeln konnte. Also blieb nur Diebstahl.

„Fünfzigtausend Euro sind für jeden viel Geld. Sie hat also gemeinsame Sache mit den Russen gemacht", sagte sie.

„Und woher wissen Sie das?"

„Ich habe sie angerufen und in Frankfurt getroffen, nachdem das mit Maanens passiert ist. Sie können sich vorstellen, wie sie sich fühlt."

Nein, das konnte ich eigentlich nicht. Die Frau, die ein Mann in die Wüste schickt mit einem lächerlichen Trostpflaster, einer kostenlosen winzigen Wohnung, soll sein Schicksal betrauern? Versteh einer Geliebte und Ex-Geliebte!

„Der Rest ist einfach. Das Bild konnte nur in Buchschlag oder in Spiekeroog sein. Also schickten sie den einen Russen nach Spiekeroog. Sabine und der andere Russe kümmerten sich um Buchschlag. In Spiekeroog hätte der Russe fast Erfolg gehabt, wenn ihn Anna Kassner beim Ansegeln im Hafen nicht erkannt hätte. Als er tot war und der erste Russe beim Einbruch in Buchschlag das Bild nicht fand, kam er mit Sabine Benz nach Spiekeroog. Das Haus stand leer, Anna Kassner war mit Ihnen auf See. Sabine hatte noch einen Schlüssel. Sie fanden das Bild – meine Kopie, und ließen es stehen. Und kehrten sofort nach Frankfurt zurück. Der Russe beschattete Maanens."

„Sie haben sich die Kopie per Botendienst schicken lassen und hatten das Original selber mitgenommen. Warum das?"

Sie griff in den Sand und ließ ihn aus Kniehöhe zurückrieseln. Der Wind trieb ihn schräg davon.

„Ich hatte angefangen, das Bild zu kopieren, um eine bestimmte Art des Malens zu üben. Pastellbilder haben ihren eigenen Reiz. Als ich fast fertig war, wurde eingebrochen. Und da erfuhr ich dann von Helmut die ganze Geschichte."

Jogger kamen den Strand entlang. Ich zählte elf Männer und Frauen. Sie waren ebenso schnell im Westen verschwunden, wie sie im Osten aufgetaucht waren.

„Die Kassner hat den ersten Russen, der dann starb, im Hafen erkannt. Wissen Sie Näheres?", fragte ich nach einer Pause.

Sie beugte sich vor und sah mir fest ins Gesicht. „Wollen wir drum rum reden, Skipper? Frau Kassner hat seinen Tod verursacht."

Sie schwieg eine Weile. Ich hielt es länger aus als sie.

„Anna Kassner ist ein armes Luder", fuhr sie fort. „Sie ist zuckerkrank. Sie arbeitet seit fünfzehn Jahren für Maanens. Und der hat niemals irgendwelche Beiträge für ihr Alter abgeführt, fragen Sie mich nicht, warum. Das erklärt, warum sie ganz und gar auf Maanens angewiesen ist. Sie lebt nur von dem, was er ihr zahlt. Wenn das aufhört, hat sie nur das, was sie sich selber zurückgelegt hat. Keine Rente."

„Und deswegen bringt sie den Russen um?"

„Das kommt wohl auf die Sichtweise an, Skipper. Das Insulin hat ihn nur zum Zittern gebracht. Er sollte lediglich einen gewaltigen Schock bekommen. Nach dem Schock hätte er die Insel sicher wieder verlassen. Aber dann kam der Arzt. Und der spritzte Valium. Valium und Insulin – das geht nicht gut."

„Frau Kassner hätte dem Arzt von dem Insulin etwas sagen müssen."

„Hatte sie dazu Gelegenheit? Wusste sie, dass der Arzt Valium spritzen würde? Und wie Valium und Insulin zusammen wirken? Ich glaube nicht. Wir urteilen alle immer sehr schnell." Sie erhob sich. „Lassen Sie uns zurückgehen. Wir können im Dorf noch einen Tee trinken, ehe Sie die Fähre zurück nehmen. Oder sind Sie mit dem eigenen Boot hier?"

So ließen wir uns vom Wind den Strand entlangtreiben. Der feine Sand kitzelte an meinen Beinen.

„Und wo ist das Bild nun?“

Sie blieb stehen, sah zu mir hoch, schob die Sonnenbrille in die Stirn. „Entweder noch bei einem Frankfurter Rechtsanwalt oder schon zurück im Rodell-Museum.“

„Wie geht denn das?“

„Auf die übliche Weise. Man schaltet einen Anwalt ein. Der ist zum Schweigen verpflichtet, selbst in solchen Fällen. Er nennt unter keinen Umständen den jetzigen Besitzer. Aber er nimmt dann in seinem Auftrag mit dem Museum oder der Versicherung Kontakt auf. Und so kommt das Bild dahin zurück, wo es hingehört. Für einen Finderlohn.“

„Braucht denn Maanens so was? Wie hoch ist der Finderlohn, den ja wohl die Versicherung zahlt?“

„Man hat sich auf zweihundertfünfzigtausend Euro geeinigt.“

„Donnerwetter. Und die bekommt nun Maanens?“

„Nicht eigentlich. Helmut hat eingewilligt, dass Sabine Benz die Hälfte der Summe bekommt. Die andere Hälfte erhält Anna Kassner.“

Ich fühlte mich plötzlich erleichtert.

„Also lassen Sie uns einen Tee trinken“, sagte ich. „Die Kopie ist bestimmt fertig. Sie hängt sicher mal hier und mal in Buchschlag.“

„Nein, sie hängt immer in Buchschlag. Wir brauchen sie nicht mehr mitzunehmen. Maanens hat nichts mehr davon. Und für mich hat sie allen Reiz verloren. Ich werde sie Sabine Benz schenken, wenn sie sie haben will!“

Eine Teestube in der Dorfstraße. Wir rührten in den Tassen, sahen den Spazierenden nach, hatten nichts mehr zu besprechen.

„Ich werde dann zum Hafen gehen.“

„Ich begleite Sie noch ein Stück“, schlug sie vor.

Der Blick über die glänzenden Wiesen, glitzerndes Wasser. Möwen im Wind, der ferne Deich, die Tonnen, die Fähre, die schon beladen wurde, Schafe auf der Deichschräge, die üblichen Surfer. In Box 16 die *Robbe*, Maanens' Boot. Nichts von dem würde er je wieder sehen können. Ich spürte den warmen Wind im Gesicht.

„Übrigens lässt Maanens Sie grüßen, Skipper. Sie wissen jetzt alles. Ich soll Ihnen etwas ausrichten. Er wird nie wieder segeln können. Wenn Sie über diese Geschehnisse nichts berichten, so lange Maanens lebt, übereignet er Ihnen sofort die *Robbe*. Ihr Wort genügt ihm."

Fünfzehn

Und so kam ich noch in diesem Sommer zu einem Segeltörn mit der *Robbe* in der Ostsee. Zwar musste ich meine Gäste ein bisschen beknien, von der *Opa Reimer*, auf die sie sich eingestellt hatten, zur *Robbe* zu wechseln, aber nach den ersten drei Stunden auf See liebten sie das neue Schiff. Es wurde eine großartige Ausbildungsreise.

Sechs Gäste bildeten zwei Wachen, ich hielt mich im Hintergrund und griff nur ein, wenn etwas gefährlich schief gehen würde. Die Wachführer schrieben auch das Logbuch, das ich nur abzeichnete. Der Limfjord lag vor uns, wir blieben eine Nacht auf See, ließen uns Zeit in Nordjütland und seilten dann die Ostseeküste hinunter. Zurück steuerten wir den Nordostseekanal an, aber schon kurz hinter Holtenau hatten wir keinen Spaß mehr daran, stur am Rand entlang zu motoren.

„Lass uns durch den Gieselau-Kanal und die Schleuse in die Eider gehen, auf dem Fluss macht das Fahren mehr Spaß!"

Womit eine der schönsten Motorfahrten begann, die ich in all den Jahren des Vercharterns erlebt hatte. Die Probleme kamen später.

Die Eider hat unendlich viel Zeit und ließ uns das spüren. Wir hatten das Groß eingerollt und liefen nur mit der Fock und dem Motor den Windungen des Flusses nach. Die Stille tat nach der Geschäftigkeit des Kanals gut.

Wir fuhren durch grünes Wiesenland. Pappeln und Weiden spiegelten sich im Wasser, manchmal erhob sich Ahorn vor dem blauen Himmel mit seinen Puddingwolken. Rotbraunes Vieh, das uns neugierig entgegensah. Kurvenreiches Fahrwasser, auch die Tonnen standen auf ihrem Gegenbild. Es roch nach Gras, nach Heu und immer wieder auch mal nach Dung und Schafen.

Der Fluss besänftigt und macht ruhig. Seltene Gehöfte, selten Orte. Die wenigen Marinas tauchen plötzlich hinter Schilfwänden oder nach Kurven auf, flache kleine Anlagen, für Motorboote bestimmt.

Am Ufer immer mal wieder Angler, wenn das Schilf zurückwich, oder in Booten, die träge und ohne Anker in Ufernähe dümpelten.

Trollblumen, gelb, und Seerosen, weiß – wie schön, dass uns nur selten ein Boot entgegenkam und nie eins uns überholte.

In Friedrichstadt fuhren wir aus dem Kanal, schleusten, fanden für ein paar Stunden einen Liegeplatz, durchstreiften die grachtenreiche Stadt und fuhren, als ein Gewitter sich ankündigte, weiter in dem jetzt breiter werdenden Fluss.

Die Nacht lagen wir in Tönning, bezahlten wie überall unseren Obolus und füllten den Meldeschein aus.

Und dann hatte uns die See wieder, das Fahrwasser in der Breite vor dem Eider-Sperrwerk.

Schleusen – und nun gingen die sechs wieder ihre Wachen auf den knapp dreißig Seemeilen nach Helgoland. Wir wollten die Nacht auf dem Köhmfelsen bleiben.

Im Juli ist der Helgoländer Hafen immer voll und ich weiß, wohin man als Fremder gelenkt wird. Also meldete ich mich per Funk beim Hafenmeister mit der Bitte um einen anständigen Liegeplatz.

Den bekamen wir auch, zwar im Päckchen, also drei Boote vom Steg entfernt, aber nahe genug an Duschen und Toiletten.

Die beiden Wachen verschwanden, ich blieb an Bord. Meine Schnapsvorräte in Bensersiel reichten bis zur nächsten Saison. Und das Einkaufen und die Bordküche waren auf diesem Törn nicht meine Sache. Also konnte ich in der Plicht der *Robbe* mein abendliches Bier in Ruhe genießen.

Bis der Schiffsname gerufen wurde, *Robbe*.

Ich stand auf und sah auf dem Steg einen Polizisten mir zuwinken. Ich hob den Arm und verstand, dass er an Bord kommen wollte. Reichlich unbeholfen taperte er mit seinen Landschuhen über die Vordecks und stieg dann in die Plicht der *Robbe*.

„Häse", stellte er sich vor. Kein Dienstrang. Entweder erwartete er, dass ich anhand der Sterne auf seinen Schulterstücken seine Bedeutung erkennen würde. Oder er nahm sich zurück, wie es neuerdings hieß.

„Darf ich an Bord kommen?"

An Land hätte ich jeden Uniformierten vor meiner Haustür abweisen können, aber in Häfen haben Grundrechte eine andere Einfärbung. Also lud ich ihn ein, Platz zu nehmen, bot ihm ein Bier an und erntete die erwartete Ablehnung.

Ein blonder junger Mann, unwichtiges Gesicht, Halbarmhemd, eine Pistole am Gürtel. Er nahm die Mütze ab und wischte sich über die Stirn.

„Sie sind der Skipper der *Robbe*?"

Ich nickte. „Wollen Sie die Papiere sehen?"

„Ja, bitte, Herr Husmanns, und das Logbuch auch."

Ich verschwand nach unten, holte das Gewünschte aus der obersten Schublade unter dem Navigationstisch und nahm ein weiteres Bier mit nach oben. Der Bursche hatte kalte Augen, deren Falten sich beim Lächeln nicht hoben. Das Gespräch könnte also länger dauern.

Und unangenehm werden.

„Sie sind also nicht der Eigner?"

„Ich habe das Schiff sozusagen übereignet bekommen."

Die Ommenbach hatte mir ein paar Zeilen auf Maanens' Briefbogen geschrieben und von ihm unterzeichnen lassen.

Häse nickte und legte die Papiere zur Seite. Das Logbuch lag ungeöffnet auf seinen Knien. „Wohin führte Ihre Reise?"

„Von Bensersiel nach Spiekeroog und von dort in den Limfjord, dann die Ostseeküste entlang südwärts. In den Kielkanal und bei Gieselau in die Eider. Den Fluss entlang über Friedrichstadt und Tönning hier her. Ich mache eine Ausbildungsfahrt."

Es gefiel mir ganz und gar nicht, diesem jungen Mann zu erklären, womit ich die letzten drei Wochen mein Brot verdient hatte. Ich musste mich vor niemandem rechtfertigen. Wenn er wenigstens ein Zollmops gewesen wäre! Die kamen ohne Ausrede an Bord und sahen sich nur mal um. Das waren die Spielregeln. Aber zu dem Spiel in Häfen gehört kein Polizist. Allenfalls einer von der Wasserschutzpolizei.

Häse fing an, im Logbuch zu blättern, bis er den Beginn der jetzigen Reise gefunden hatte. Er las langsamer, überflog dann ein paar Seiten, legte einen Finger ins Buch und sah mich fragend an.

„Sie haben nicht festgehalten, wann jemand von Bord ging und wieder an Bord kam."

„Soll ich jedes Pinkeln im Hafen dokumentieren?"

Er lächelte.

„Haben Sie vorgestern die *Robbe* verlassen?"

„Ja, in Kiel!"

Der Mann sah auf. „Und warum?"

Er sah mich an, als erwarte er das Geständnis eines Vergehens.

„Ich ging von Bord, um an Land ein kühles Pils zu trinken, ein Pils aus Flensburg. Ein Schild lockte über einer Kneipe. Ich ging um acht von Bord und war um elf wieder da."

Häse nickte. „Ausbildungsfahrt, sagten Sie? Ihre Mannschaft kann also mittlerweile nach fast drei Wochen das Schiff ganz alleine führen?"

„Dazu bilde ich sie ja aus."

„So, so."

Langsam verlor unser Gespräch seinen Witz. Ein Polizist hatte in einem Hafen wie Helgoland natürlich das Recht, an Bord zu kommen. Die *Robbe* hätte ja hier aus einem ausländischen Hafen einlaufen können und da darf die örtliche Polizei schon berufliches Interesse zeigen. Aber was wollte dieser Mann von mir? Er sah doch im Logbuch, dass wir heute Morgen aus Tönning und durch die Eidersperre ausgelaufen waren!

„Am Montag in Kiel, am Dienstag in Tönning. Heute ist Mittwoch."

Ich nahm einen tiefen Schluck aus dem Bierkrug und versuchte, ruhig weiterzuatmen.

„Das lässt sich nicht leugnen. Und alles ist im Logbuch belegt. Warum fragen Sie mich das eigentlich?"

Häse legte den Kopf schräg. „Lieber Skipper, Sie kennen doch unsere Aufgaben. Was soll also die Frage? Antworten Sie und dann sehen wir weiter."

Ich schwieg.

„Nun?"

„Welche Frage soll ich denn beantworten?"

„Natürlich, ja. Also: Waren Sie Montag früh in Kiel und Dienstag Abend in Tönning?"

„Das sagte ich schon. Sie können es im Logbuch nachlesen."

Er öffnete das grüne Buch, blätterte drei Seiten um, und schloss es wieder. „Haben Sie zwischen Montag früh und Dienstag Abend die *Robbe* verlassen?"

Der junge Polizist hatte offensichtlich von Segeln und Fahrten auf Booten keine Ahnung.

„Natürlich. Wann immer möglich, duscht man an Land oder benutzt Toiletten an Land. Dann muss man einkaufen und schließlich will man sich unterwegs auch mal so schöne Orte wie Friedrichstadt oder Tönning ansehen. Dagegen dürfte ja wohl niemand etwas haben."

Er überhörte die Schärfe in meinen Worten.

„Und wenn Sie nun die *Robbe* in Kiel verlassen hätten und erst wieder in Tönning an Bord gekommen wären?"

Ich weiß selten, was in den Köpfen von Polizisten vorgeht. Mit der Wasserschutzpolizei kenne ich mich aus, mit Hafenmeistern komme ich immer klar und letzten Endes verstehe ich sogar die Zollmöpse, die in aller Herren Länder im Auftrag des Staates dein Schiff durchsuchen müssen – nur mal so, reine Routine, kein Verdacht, verstehen Sie, Skipper. Nur mit dieser dämlichen Frage eines gelb behemdeten Bullen kam ich nicht klar.

„Ich bin der Ausbilder. Und der Skipper. Für die *Robbe* bin ich unter allen Umständen und überall auf dieser Reise verantwortlich. Warum sollte ich also die Yacht verlassen?“

„Das war nicht meine Frage“, lächelte Häse verbindlich. „Ich wollte lediglich wissen, ob Sie die *Robbe* für längere Zeit verlassen haben.“

„Sind zwei oder drei Stunden bereits eine längere Zeit?“

Am liebsten hätte ich ein „Herr Wachtmeister“ an meine Gegenfrage gehängt, aber das hätte den humorlosen Burschen sicher noch trockener und fragelustiger gemacht.

„Sie wissen genau, was ich meine, Herr Husmanns.“

Ich setzte den Bierkrug laut auf die Bank. „Genau das weiß ich nicht. Die Bewegungen des Schiffes sind im Logbuch dokumentiert. Es ist im Zweifel damit ein amtliches Dokument. Alle Papiere stimmen, ich habe eine deutsche Crew an Bord, habe die Gewässer der Europäischen Union nicht verlassen – was sollen also Ihre Fragen?“

„Nur die Wahrheit finden, Herr Husmanns.“

„Die sage ich Ihnen gerade.“

Ganz offensichtlich zieht mancher mit seiner Uniform auch den Mantel des Misstrauens an. Besonders in Deutschland fiel mir auf, wie selten Polizisten jemandem eine Antwort glauben. Erst mal alles bezweifeln, scheint hierzulande in jedes Uniformstück eingewebt zu sein. Ich kannte Länder, in denen man solange einem Mann glaubte, bis er Unsinn redete.

„Ich kann also davon ausgehen, dass Sie die *Robbe* zwischen Montag früh und Dienstag Abend nicht für mehr als ein paar Stunden verlassen haben, Skipper?“

„Das habe ich nun doch wohl deutlich genug gesagt.“ Ich hatte Schwierigkeiten, meine Geduld zu bewahren.

„In Ordnung. Und wen haben Sie als Zeugen?“

Langsam, Junge. Ruhig Blut. Trink dein Pils. Setz den Krug langsam ab, lächle, lächle mit dem ganzen Gesicht. „Wozu brauche ich Zeugen? Ich stehe nicht vor Gericht. Im übrigen könnten Sie ja meine Crew fragen.“

Häse erhob sich. „Ich muss Ihnen diese Fragen stellen.“

„Muss? Warum bitte, müssen Sie mir diese Fragen stellen?"

Mir fiel auf, dass Häse keine Krawatte trug. Dennoch fuhr er sich an die Kehle, als wolle er am Hals irgendetwas in Ordnung bringen.

„Ich bin hier nur im Auftrag."

„Und in wessen?"

„Der Kripo."

„Der Kriminalpolizei? Für wen halten Sie mich?"

„Für Heiko Husmanns, Skipper der *Robbe*, der sonst immer mit der *Opa Reimer* nach Helgoland kommt. Und das seit mehr als zehn Jahren."

Das klang versöhnlicher als bisher. Ich überlegte, ob ich dem Polizisten nicht doch noch einmal ein Pils anbieten sollte.

Der Blick auf die Sterne auf den Schulterstücken sagte mir wieder nichts. Also versuchte ich es auf die zivile Weise.

„Also, Herr Häse, verraten Sie mir bitte, was hinter all Ihren Fragen steckt."

„Das darf ich leider nicht, Skipper."

„Aber irgendeine Dienststelle hat offenbar eine Vermutung oder nur Fragen und schickt Sie deshalb vor. Und Sie finden auf diese Weise heraus, dass ich mit der *Robbe* von Montag früh bis Dienstag Abend die Eider befuhr. Und wenn nun nicht? Wenn ich nun die *Robbe* in Kiel tatsächlich verlassen hätte und in Tönning wieder an Bord gekommen wäre? Was würden Sie daraus schließen, Herr Häse?"

Er lachte laut und nun standen Fältchen um seine Augen und ich konnte mir vorstellen, dass ich ihn vielleicht doch mögen würde.

„Ich kann aus all dem überhaupt nichts schließen! Ich könnte nur feststellen, dass die Zeit reichen würde, um von Kiel nach Frankfurt zu fahren und nach Tönning zurückzukehren."

„Wie bitte?"

„Per Bahn immer und mit dem Auto noch leichter. Am leichtesten per Flugzeug."

„Lieber Mann, was sollte ich in Frankfurt? Da war ich gerade vor ein paar Wochen!"

Häse trat auf die Sitzbank, bereit, zum nächsten Boot überzusteigen. „Was Sie dort beabsichtigt haben könnten, hatte ich in diesem Gespräch nicht zu eruieren. Aber was immer es war, Sie hätten in Frankfurt leicht erledigen können, was nur ein paar Stunden dauert."

Und so stieg er davon, über drei Boote auf den Steg, und ließ mich mit meinem zweiten Abendpils allein in der Plicht der *Robbe*.

Die Polizei, dein Freund und Helfer.

Wobei hatte mir eigentlich Häse gerade geholfen?

„Bei nuscht", würde Komrusch sagen. Oder hatte der Polizeibesuch mit dem Unfall von Maanens zu tun? Ich hatte Name, Adresse, Telefonnummern der Offenbacher Polizei am Unfallort genannt – aber bisher nichts von ihr gehört. Fingen die jetzt erst an, den Unfall zu untersuchen? Vermutlich. Nun, ich hatte nichts zu verheimlichen.

Ich hätte in Frankfurt erledigen können, was nur ein paar Stunden dauert, hatte Häse eben gesagt. Das konnte mit dem Unfall ja wohl doch nichts zu tun haben. Mit dem Diebstahl und der Rückgabe des Bildes auch nicht. Denn die Sache war doch abgeschlossen und in trockenen Tüchern. Ach, weiß der Deubel, warum sollte ich mir jetzt den Kopf zerbrechen. Wenn die noch mal was wollten, sollten sie wiederkommen.

Die Crew kehrte mit vollen Plastiktaschen vom Einkaufen zurück. Der Zweck unseres Einlaufens war also erfüllt.

Nach halb fünf Uhr abends wäre auch Helgoland erträglich, wenn die Dampfer ihre Passagiere eingeladen haben und nach Hamburg oder was weiß ich wohin abzogen. Ich hatte mich aufs Bleiben eingestellt.

„Wir würden lieber nach Spiekeroog auslaufen, Skipper!"

Sie teilten also meine Bedenken gegen Helgoland.

„Schaffen wir denn den Hafen mit der Tide?"

„Selbstverständlich. Hätten wir Ihnen sonst am Ende der Reise den Vorschlag gemacht?"

Den letzten Tag wollten sie in Spiekeroog am Strand verbringen und dann mit auflaufendem Wasser nach Bensersiel zurücksegeln, wo ihre Autos warteten. Ende der Reise, der Abschied ginge schnell, es gäbe die üblichen Versprechungen über den Austausch von Fotos und die Bitte, das Logbuch zu kopieren und die Seemeilen zu bestätigen. Und dann säße ich plötzlich allein in der Plicht, würde abschließen, nach oben klettern und quer durch den Hafen in den *Deichgrafen* laufen, zu Lisbeth. Wie immer.

Aber es kam anders.

Sechzehn

Die Kerle hatten sich richtig entschieden. Unter bronzeblauem Nachmittagshimmel liefen wir mit halbem Wind auf die Otzumer Balje zu, kreuzten die Streifen für die Dickschiffe, sahen die Türme von Wangerooge wie erwartet an Backbord voraus und luvten an, um mit dem letzten auflaufenden Wasser am Norderriff vorbei in das Fahrwasser zwischen Langeoog und Spiekeroog zu kommen. Ich hatte nichts zu tun, stieg nur mal aufs Deck und suchte mit dem Glas die Dünen von Spiekeroog ab. Ich war mir ziemlich sicher, das Dach von Maanens' Haus gefunden zu haben. Vielleicht saß er jetzt dort oben wie früher, als er noch sehen konnte! Wenn er das Fenster öffnete, würde er wenigstens noch die Wärme des Nachmittags spüren, doch nichts vom Glanz des Tages wahrnehmen können.

Der Russe, der ihn mit gezogener Pistole zur Fahrt nach Buchschlag gezwungen hatte, war tot, war im Auto verbrannt, das Maanens in die Lücke zwischen den Leitplanken gejagt hatte.

Ich hatte Maanens seit jenem Abend, als er in der Rossertstraße in Frankfurt in sein Auto gestiegen war, nicht mehr gesprochen. Ob er und die Ommenbach noch oder wieder auf Spiekeroog waren?

Die Kassner? Wie weit war wohl Komrusch mit seinem zweiten Versuch bei ihr gekommen mit seiner Absicht, längsseits zu gehen? Es wurde Zeit, aus dem Segeltörn wieder in die Gegenwart zurückzukehren. Ich musste wieder eintauchen in das, was an Land geschah.

Über Funk hatte sich niemand bei uns gemeldet, mein Handy hatte ich abgeschaltet. Komrusch, Lisbeth und Gerd wussten, dass ich die Mailbox einmal täglich abhörte. Wenn also die Welt unterginge, würde ich es rechtzeitig erfahren, alles andere war mir bei Segeltörns reichlich egal.

Zu meiner Überraschung hatte sich Bauer gemeldet, Lutz Bauer, Gerds Mann in Frankfurt, Reporter von *Weltbild*. Er bat um Rückruf und nannte seine Nummer.

Ansonsten nichts.

Also konnte wohl kaum Bedeutendes geschehen sein. Ich ließ das Handy eingeschaltet, tippte nur auf die Raute-Taste, um nicht unbeabsichtigt Nummern zu drücken, und hockte mich in die Plicht, wo ich niemandem im Weg stand.

Die Kerle hatten ihre Lektion gelernt.

Sie begannen das Einlaufen in das Fahrwasser des Hafens vorzubereiten, als die Tonne LW 10 an Steuerbord querab lag. Einer stieg nach vorn, machte die Festmacherleinen klar, ein anderer holte die Fender und sicherte sie. Sie hatten verinnerlicht: Fender musste man immer sichern, wenn man nicht unliebsame Manöver fahren wollte in engen Fahrwassern oder in Häfen, wenn man eigentlich anlegen will, aber aus Dämlichkeit noch einen Fender aufzufischen hat. Ich hatte ihnen das im Limfjord klar gemacht.

Der Wachführer hatte sich per Funk bei Heinrich dem Seefahrer gemeldet und erfahren, dass die Box 16 auf die *Robbe* wartete.

Der Rudergänger legte rechtzeitig den Rückwärtsgang ein, aber die Fahrt in der *Robbe* war noch zu groß. Im Bug musste ein Fender den Aufprall verhindern.

Festmachen, Springs setzen, Fender fest, Motor aus. Die *Robbe* lag da, als habe sie die Box nie verlassen.

„18.00 Uhr: an Spiekeroog Seglerhafen. Motor aus."

Wir tranken Besanschot an, wie üblich.

Auf einem Schemel standen sechs Sherrygläser und ein Schüsselchen mit Salzmandeln. Die Buddel kühlte unter Deck.

Der Älteste schenkte ein.

„Alsdann, Besanschot an!"

Sherry war nach einem solchen Tag auf See genau das richtige zum Abspannen.

Heinrich der Seefahrer kam über den Steg geschlendert. Doch an Bord wollte er nicht. Auch ein Glas nahm er nicht an. Er sei schließlich noch im Dienst.

„Wie war die Reise?“

Ich nannte ihm die Koordinaten, aber die Karte füllten die Kerle aus. Da wurde schnell aus Starkwind Sturm und die treibende Jolle bei Thisted in Dänemark hätte fast die *Robbe* aufgerissen. Der Pott, der vor uns im Kielkanal in die Schleuse einlief, ließ plötzlich seine Schraube rückwärts laufen und das hätte ja nun fast das Aus bedeutet. Rees der Seefahrer. Heinrich war derlei gewöhnt.

„Hier ist nix los gewesen. Das übliche. Und wunderbares Wetter.“

Vorletzter Abend mit dieser Crew.

Kein Captain's Dinner. Das wäre erst morgen fällig.

Wir beschlossen, an Bord zu essen. Die Mannschaft hatte, wie üblich auf solchen Reisen, viel zu viel eingekauft. Mein Rat, dass wir ja überall nachkaufen konnten, war angesichts der Auswahl bei den Shipchandlers auf taube Ohren gestoßen.

Duschen mit Wartezeiten, in denen der Smut die Suppe erwärmte, Koteletts briet, Kartoffelsalat nachwürzte und für Bier und Schnaps sorgte. Diese Männer liebten deftiges Essen, ich hatte schon Crews gehabt, die die feine französische Küche bevorzugten und die sogar auf der *Opa Reimer* herzaubern konnten.

Nach dem Essen und dem Aufklarieren wollten sie dann doch an Land. Ein Bier vom Fass im Dorf würde Tiefen in der Seele erreichen, auf die kein Bier an Bord je treffen könnte.

So verschwanden sie. Und ich nahm mein Handy in Betrieb.

Lisbeth hatte noch kräftig zu tun. „Du kommst also übermorgen? Prima. Ich freu mich auf dich.“

Komrusch saß nicht im *Deichgrafen*. Ich versuchte, ihn zu Hause zu erreichen, hörte auch dort nur seinen Anrufbeantworter und rief meine eigene Nummer an. Es kam häufig vor, dass Komrusch vor Ende einer Reise bei mir zu Hause in Bensersiel klar Schiff machte, die Fenster öffnete, frische Luft ins Haus ließ und für wenigstens die nächste Mahlzeit sorgte. Aber auch hier hörte ich nur den Anrufbeantworter, meine eigene Stimme. Ich sollte den Text mal ändern.

Dann also Bauer in Frankfurt.

Auf der Festnetznummer war auch nur der automatische Anrufbeantworter zu hören, der auf die Handynummer, die Faxnummer und die E-Mail-Adresse verwies.

Ich versuchte also das Handy und hörte plötzlich irische Kneipenmusik, Banjo und Gitarre zu *Whiskey in the jar.*

„Wo sind Sie denn?“

„In Frankfurt im *Fiddler's Green.* Aber ich geh mal raus, dann können wir ungestört reden.“

Ich hörte, wie sich der Hintergrund verwandelte. Plötzlich war nur noch Stille da. Vermutlich stand Bauer in einem Garten oder Hinterhof.

„Ich wollte Ihnen nur sagen, dass Maanens erschossen worden ist. Seine Begleiterin, Charlotte Ommenbach, liegt schwer verletzt im Krankenhaus.“

Was für ein Willkommen an Land. Mir war, als leere sich mein Kopf. Ich holte Luft und stützte mich mit den Füßen an der Bank gegenüber ab.

„Und wann?“

„Montagnachmittag. Hören Sie noch?“

„Und ob“, sagte ich, „aber mir bleibt die Luft weg. Wer erschießt denn einen blinden Mann?“

„Ach Gott“, sagte Bauer, „wenn Sie in Frankfurt lebten, würden Sie diese Frage nicht stellen. In bestimmten Kreisen schießt man auf alles.“

„Aber zu denen gehörten doch Maanens und Ommenbach nicht.“

Dem hatte Bauer nichts entgegenzusetzen.

Was ich von ihm erfuhr, präzise und damit alle meine Fragen beantwortend, war dies:

Am Nachmittag des 22. Juli 2002 hatte sich vermutlich zwischen fünfzehn und sechzehn Uhr ein Besucher oder eine Besucherin bei Maanens im Büro eingefunden. Maanens erledigte seine Immobiliengeschäfte jetzt mit Hilfe der Ommenbach. Wann der Besucher das Büro in der Rossertstraße 44 in Frankfurt verlassen hatte, war nicht festzustellen. Jedenfalls war die Person verschwunden, als die Putzfrau um siebzehn Uhr ihre Arbeit im zweiten Stock beginnen wollte, bei Maanens Immobilien. Die Tür stand offen.

Maanens lag über seinem Schreibtisch, beide Arme ausgebreitet. Er war offenbar von vorn erschossen worden. Ein Kopfschuss.

Die Ommenbach lag auf der Seite auf dem Teppich. Ein Schuss hatte ihren Schädel nur gestreift, der zweite hatte in der Lunge einiges zerfetzt. Der Notarzt wollte unterwegs schon aufgeben. Die Ommenbach konnte bisher nicht vernommen werden, aber sie würde vielleicht überleben.

Es gab keine Hinweise auf den Täter, keine Fingerabdrücke, keine Fußspuren.

„Die Kripo ermittelt mit der nötigen Gründlichkeit."

„Du lieber Himmel."

Ich sah hoch. Abendblauer Himmel, kreisende Möwen, zwitschernder Lärm aus den Grüngebieten. Das leise Tuckern des Diesels der Fähre. Rufende Kinder.

„Sind Sie noch dran, Skipper?"

„Und ob", sagte ich. „Ich weiß nur nicht, was ich sagen soll. Für mein Gefühl gibt es hier zu viel Tote."

„Das denke ich auch", sagte Bauer. „Und deswegen bleibe ich am Ball. Gerd weiß Bescheid. Wenn Ihnen irgendwas in Spiekeroog auffällt, sagen Sie es mir bitte. Wir bleiben also im Gespräch."

„In Ordnung. Nein, nichts ist in Ordnung. Aber wir werden wieder miteinander telefonieren. Sagen Sie mal, haben Sie mit der Ehemaligen von Maanens Kontakt, dieser Sabine Benz?"

„Nee, aber danke für den Hinweis. Ich werde sie mal aufsuchen."

Maanens erschossen, die Ommenbach hatte nur Glück gehabt. Was lief hier eigentlich ab? Die Sache mit dem Bild des Zaren war doch längst abgeschlossen. Ich hatte von der Ommenbach hier auf der Insel alle Details gehört.

Worum also ging es diesmal? War dieser Maanens wirklich nur ein reicher Immobilienhändler, der gelegentlich Gutes tat und sich in ein Bild verliebt hatte? Oder …

Was hieß das eigentlich für mich und die *Robbe*?

Gar nichts. Ich hatte die Zusage, sogar schriftlich, dass ich die *Robbe* jederzeit segeln könnte – ohne jedes Limit.

Alles andere berührte mich zwar, weil ich den Toten kannte, aber es betraf mich nicht wirklich. An meinem Leben würde sich nichts ändern.

An Anna Kassners aber bestimmt.

Bauer hatte sie nicht erwähnt. War sie in Buchschlag, war sie hier auf der Insel?

Dann gab es Sabine Benz, Maanens' Ehemalige, die mit der Ommenbach sogar befreundet war. Von der hatte ich nur gehört. Halt, nein, ich hatte sie einmal sogar gesehen, im Fernglas, als sie mit dem zweiten Russen den *Kronenhof* verließ und die Fähre zurück nach Neuharlingersiel nahm.

Mit Sicherheit würde die Kripo sie ausfragen. Und mit Sicherheit noch einige andere Leute in Frankfurt oder Buchschlag, deren Namen ich nicht mal gehört hatte.

Das Ganze betraf mich doch, fiel mir plötzlich ein. Häse, der junge Polizist, der mich heute auf der *Robbe* in Helgoland besucht hatte, hatte also offenbar den Auftrag der Kripo, herauszubekommen, wo ich zur Tatzeit gesteckt hatte. Ohne es am Fahrplan der Bundesbahn zu prüfen oder an Flugplänen – ich hätte von Kiel aus Frankfurt erreichen und nach Tönning zurückkehren können. Und theoretisch Maanens erschossen haben.

Verdächtig war ich zumindest. Zumal ich mit dem wertvollen Boot des Toten herumschipperte. Jeder Polizist hier an der Küste wusste, welchen Wert die Puffin 42 hatte, selbst als gebrauchte Yacht. Aber erschießt man wegen einer Yacht den Besitzer?

Wer weiß, wie die Kripo denkt. Meine Begegnungen mit Kriminalbeamten waren selten. Aber ich musste damit rechnen, doch noch mal befragt zu werden.

Beunruhigte mich das eigentlich?

Nein. Aber es ließ mich auch nicht gleichgültig.

Ich würde also klugerweise nichts Unüberlegtes oder gar Geheimnisvolles tun. Solange ich an Bord war, also das Log führen.

Und dann noch mal die Zeiten und Begegnungen mit Maanens, der Ommenbach und der Kassner festhalten. Dabei musste mir Komrusch helfen. Der führte zwar kein Tagebuch, aber er trug immer einen hemdtaschengroßen Kalender mit sich herum, in dem er ständig etwas notierte. Diese Gewohnheit war wohl das letzte Überbleibsel seiner Zeit als Hafenmeister, in der er alle Schiffsbewegungen und was weiß ich dokumentieren musste.

Ich hatte nun doch Glück. Komrusch war wieder in seinem Haus in Gründeich.

„Ein warmer Abend. Ein bisschen viel Mücken. Wie geht es dir, Jungche, nach der Reise? Wann kommst du zurück? Und wo bist du jetzt?"

Die Nachricht von Maanens' Tod nahm er ruhig auf. „Frankfurt ist eben ein gefährliches Pflaster für manchen."

„So kann man's auch sagen, Komrusch. Was macht die Kassner?"

Kurzes Schweigen. „Also, wie soll ich's sagen? Nein, ich hab auch beim zweiten Anlauf kein Glück gehabt. Ich habe mit ihr noch mal über das Längsseitsgehen geredet. Die Anna bleibt lieber allein. Und das war's dann."

„Und was unternimmst du wegen der Spritze und dem toten Russen?"

Er antwortete sofort.

„Nichts. Wer sollte mich fragen? Der Tote ist in Russland längst begraben. Ich habe mich entschlossen, die Version der Anna zu übernehmen. Sie wollte dem Russen wirklich nur einen Schreck einjagen. Aber wer soll uns fragen?"

In der Tat, wer sollte Komrusch fragen. Oder mich.

Komrusch würde also weiter allein in seinem reetgedeckten Haus hinter dem Deich zwischen den Kühen leben. Ein alter Mann, nicht unglücklich, aber auch nicht jubelnd vor Einsamkeit. Gut, dass ich wenigstens den Winter über in Bensersiel war. Auf die *Robbe* könnte ich ihn bestimmt im Sommer öfter mitnehmen. Bei den vielen Kojen!

„Tut mir Leid", sagte ich. „Du weißt also nicht, wo sie ist?"

„Nein, nun nicht mehr. Ich kann dir ihre Telefonnummer geben – in Buchschlag oder auf Spiekeroog. Kannst sie ja mal anrufen. Sie wird mehr wissen, aber ob sie dir alles sagt? Versuchen kannst es ja mal."

Ich notierte die Nummern.

„Also, dann bis übermorgen. Du kommst mit der *Robbe* innen rum?", fragte er.

„Ja. Bis dann also. Ich denke, ich bin spätestens um vier Uhr in Bensersiel mit der Tide. Over and out."

Ich wusste, wie genau Komrusch es mit Zusagen nahm. Ja, die Tide würde uns um sechzehn Uhr nach Bensersiel bringen. Komrusch würde oben auf der Kaimauer stehen und seine Hosentaschen ausbeuteln. Wenn die *Robbe* sich dann neben die *Opa Reimer* legen wollte, würde er die Leiter nach unten auf den Steg klettern und die Festmacherleine des Mannes im Bug auffangen. Und zu „Besanschot an" würde er auch zwischen uns in der Cockpit hocken.

Ich wählte beide Nummern, die Komrusch mir genannt hatte.

Jedesmal ging der Ruf ins Leere.

Zwanzig Uhr, warum sollte die Kassner nicht ausgegangen sein? Oder im Garten den beginnenden Sonnenuntergang genießen? In Buchschlag oder hier. Falls man, nach dem Tod seines Arbeitsgebers, einen Abend überhaupt genießen könnte.

Ich beschloss an Land zu gehen.

Ich musste mich eh ein bisschen bewegen, und warum nicht zu Maanens' Haus hinüber?

Ich merkte, dass sein plötzlicher Tod mich doch betraf.

Also auf.

Siebzehn

Diesen Weg war ich ja nun schon oft gegangen, vom Hafen hoch nach Nordwesten dem kleinen Pfad am Westergroen folgend. Ich ließ das Dorf also rechts liegen und wunderte mich, wie allein ich um diese Zeit war. Es schien so, als speise man auf dieser Insel gleichzeitig zu Abend und mache dann den letzten Spaziergang zum Strand runter, um die Sonne untergehen zu sehen. Hier auf der Landseite war ich der einzige Spaziergänger.

Da ich wusste, dass es auch im hohen Sommer nach Sonnenuntergang kühl werden konnte, hatte ich meinen Troyer angezogen und merkte, wie warm er war. Ich ging langsamer, um nicht ins Schwitzen zu kommen.

Die Endstation der Museumseisenbahn. Irgendwann sollte ich sie auch mal benutzen auf ihrem Weg zum Sturmeck. Hatte es eigentlich mal Schienen zum alten Anleger gegeben? Beim Einlaufen sah man ihn noch. Er wurde schon lange nicht mehr benutzt und zerfiel. Nur gelegentlich hängte dort mal jemand seine Angel ins Wasser. Und manchmal machte ein Motorboot dort fest.

Aus dem Kurpark wehte in Fetzen Musik herüber. Also erklärte sich das Fehlen von Spaziergängern nicht nur durch den üblichen Sonnenuntergang, sondern auch durch die wohl seltene Abendmusik. Unterhielt Spiekeroog in der Hauptsaison eine eigene Kurkapelle? Was ich alles nicht wusste! Komrusch hätte bestimmt die richtige Antwort gekannt.

Die Laternen brannten schon, kümmerliche Lichter gegen den gewaltigen Abend, den die Sonne dicht über der Kimm rot lodernd färbte. Das war die Stunde, in der ich am liebsten allein an Bord oder im Hafen hockte und über Gott und die Welt nachdachte.

Die Erde schien stillzustehen und selbst das Rauschen der Brandung drang nicht weit.

Maanens war also tot! Nichts mehr von all dem würde ihn erreichen. Welche alte Rechnung war da wohl in Frankfurt beglichen worden? Die Kassner würde sicher mehr wissen.

Wenn sie nicht im Haus war, würde ich sie vielleicht beim Kurkonzert finden. Musik, um sich abzulenken. Aber war sie überhaupt auf Spiekeroog? Ich hätte Heinrich den Seefahrer fragen können, dem ihre Ankunft bestimmt aufgefallen war.

Warum hatte sie sich nicht für Komrusch entschieden? Im Alter noch einmal neu anfangen und das Leben mit jemandem teilen? Tisch und Bett. Komrusch war kein schiefer Typ. Und sie ein immer noch ganz attraktives Weibsbild. Aber wenn es nicht funkte, nutzten alle guten Wünsche nichts. Sie würde also ihr Leben und er seins leben, viele Monate mit mir teilen und viele allein durch die Häfen der Sandküste streifen und mit alten Freunden klönen. Und immer wieder bei Lisbeth im *Deichgrafen* einkehren, die ihn bekochte. In seinem Haus in Gründeich bereitete er sich nur sein Frühstück zu, mittags und abends war er im *Deichgrafen* zu finden, wenn er nicht gerade unterwegs war.

Nicht jeder Gast auf Spiekeroog liebte Musik von Kurkapellen, denn auf dem Damenpad kam mir ein Mann entgegen. Wir trafen unter einer Laterne aufeinander und so sah ich sein Gesicht. Ein gewaltiger Schnurrbart, dunkel wie bei manchen vorderasiatischen Landesherren, die man jetzt immer wieder im Fernsehen sah.

Kräftige Augenbrauen. Eine flache Schippermütze. Ziemlich breite Schultern.

Jeans, Turnschuhe – alles schwarz. Und schwarz auch die Jacke und der Zampelbüdel über der Schulter.

„Moin, Moin“, grüßte ich.

Wenn er von der Insel war oder hinter dem Deich hauste, würde er mit den gleichen Worten antworten, die alles ausdrückten, was zwei Männer sich im Vorübergehen mitzuteilen hatten: Ich sehe, dass du auf den Beinen bist, vorankommst, und will dir mitteilen, dass es mir so gut geht, wie es dir auch gehen möge. Das – und noch ein bisschen mehr – verbarg sich hinter den beiden Silben Moin, Moin.

Aber dieser Mann verstand die Worte nicht. Er hob nur die linke Hand und winkte mit einer lässigen Gebärde. Die rechte verließ die Jackentasche nicht.

Kein Musikfreund also. Denn warum lief er sonst durch die Gegend?

Wahrscheinlich schätzte er mich genauso ein.

Abbiegen. Die Hecke um Maanens' Grundstück.

Licht hinter den Fenstern. Die Gartentür war nur angelehnt.

Also war die Kassner bestimmt zu Hause.

Ich schloss das Törchen hinter mir und ging über den mit senkrecht stehenden Ziegelsteinen gepflasterten Weg auf das Haus zu.

Aus dem Schornstein wehte ein Fähnchen Rauch. War die Kassner allein – oder hatte sie Freunde eingeladen?

Das Licht über der Haustür sprang an, als ich mich näherte. Ein Bewegungsmelder war also eingebaut. Solche Vorsichtsmaßnahmen waren an Land vielleicht nötig, hier auf der Insel konnte man sicher auf sie verzichten.

Doch konnte man das wirklich? Bei Maanens war ja schon mal eingebrochen worden. Jedenfalls hatte Anna Kassner das behauptet, als das Zarenbild unten auf einem Stuhl stand, statt oben an der Wand zu hängen.

Ich klingelte. Es schepperte durchs Haus. Wahrscheinlich hatte sich Maanens für ein so lautes Melden entschieden, um es auch oben in seinem Zimmer wahrzunehmen.

Ich wartete auf Schritte.

Ein Fenster zum Garten stand offen. Es war also jemand im Haus.

Vermutlich gerade mit anderen Sachen beschäftigt. Laute Radiomusik könnte das Klingeln übertönen. Der Krimi auf dem Bildschirm könnte so spannend sein, dass man nichts anderes wahrnahm.

Also noch mal drücken. Etwas länger.

Vielleicht war Anna Kassner im Bad. Also brauchte sie ein wenig Zeit.

Ich hätte in ein Beet treten müssen, um durch das offene Fenster ins Esszimmer zu schauen. Besser nicht.

Drei Minuten später rührte sich noch immer nichts.

Was jetzt?

Noch einmal klingeln, warten.

Und dann ab zur Kurkapelle. Aber würde sie dort wirklich lustige Weisen hören wollen, nach dem, was gerade in Frankfurt passiert war?

Es passte so gar nicht zur Kassner, ein Haus zu verlassen, dabei das Licht brennen und die Fenster offen stehen zu lassen.

So etwas Ungewohntes an ihr rechtfertigte sicher, dass ich mal hinter das Haus schaute. Wir kannten uns schließlich, ich war kein Fremder.

Ich sah schon an der Hausecke, dass Licht auf den Rasen fiel. Die Glastüren standen offen.

Die Vorhänge wehten im Abendwind nach draußen.

Der Tisch leer, in der Mitte thronte ein Strauß Blumen. Also aß sie wohl in der Küche, die ich nicht kannte. Eine gute Köchin wie sie hatte sicher eine geräumige Küche, in der man allein oder zu zweit speisen konnte.

Im Flur sah mich das riesige Porträt des Indianers an. Seine Augen verfolgten mich.

„Frau Kassner!"

Keine Antwort. Keine Bewegung.

„Frau Kassner!"

Nichts.

Derselbe Ruf die Treppe hoch.

Wieder keine Antwort.

Sie musste wohl doch aus dem Haus gegangen sein und hatte in der Eile tatsächlich vergessen, Fenster und Türen zu schließen. Zur Musik im Kurpark waren es ja nur fünf oder sechs Minuten.

Jetzt, da sie nicht im Hause war, wollte ich wenigstens einen Blick in die Küche werfen. War sie größer als meine in

Bensersiel? Ich spielte mit der Absicht, den eigenen Herd umzustellen, von der Wand weg in die Mitte des Raums, damit man von vier Seiten an ihm kochen konnte statt von einer einzigen.

Genau dasselbe hatte Anna Kassner sich hier bauen lassen. Der Herd in der Mitte, eine Dunstabzugshaube darüber.

Und davor lag sie auf dem gefliesten Boden.

Ich wusste sofort, dass sie tot war.

Sie lag mit dem Gesicht auf dem Boden.

Kein Puls an der Hand, die angewinkelt in Richtung Herd zeigte.

Ich fasste ihr an den Hals.

Blut an meinen Fingern. Kein Puls.

Anna Kassner war tot.

Und dann sah ich das Loch halb hoch zwischen Schulter und Schürzenband an der Hüfte.

Auf sie war geschossen worden. Offenbar zweimal. Denn aus ihrem Ohr war Blut gesickert.

Ich registrierte, dass das Licht brannte, aber der Herd nicht eingeschaltet war. Ich sah einen Topf am Rand der ersten Platte stehen, einen Holzstiel herausragen. Neben dem Küchenfenster hing ein Korb, das gleiche Modell, in dem ich zu Hause Zwiebeln für den täglichen Bedarf aufbewahrte.

Eine Zeitung lag aufgeschlagen auf dem Tisch. Eine Tasse, der Löffel daneben.

Es roch nach frischem Kaffee.

Und nach Tod.

Nein, nach Mord.

Ich wusste, wen ich anzurufen hatte. Den Polizeiposten Spiekeroog, nicht Uwe Himmen, den Arzt. Er konnte hier nicht mehr helfen.

„Rühren Sie bitte nichts an und bleiben Sie dort. Ich bin in sieben Minuten da."

Der Polizeiposten Spiekeroog brauchte weniger als sieben Minuten. Und brachte Himmen mit.

„Oberkommissar Eibens“, stellte er sich vor und überließ mich nicht dem Erraten der Bedeutung von Sternen. „Und dies ist Dr. Himmen, er hat heute Dienst.“

„Husmanns, Heiko Husmanns. Von Bensersiel. Ich liege mit der *Robbe* unten im Hafen.“

„Ich habe von Ihnen gehört“, sagte der Polizist.

Der Arzt war nicht der Himmen, mit dem ich in Esens zur Schule gegangen war. Er stand, seine Tasche in der Hand, wartend neben uns.

„Wo liegt die Frau?“

„In der Küche“, sagte ich, „da drüben.“

Himmen ging zu ihr. Er bückte sich und erhob sich schnell wieder.

„Da ist nichts mehr zu machen. Ich werde den Totenschein ausfüllen, Eibo.“

Der Polizist nickte, der Arzt ging ins Wohnzimmer zurück.

„Und Sie haben die Tote gefunden? Was wollten Sie hier?“

„Sie besuchen“, sagte ich, „wir kennen uns seit ein paar Wochen. Ich war hier Gast von Maanens und seiner Begleitung.“

„Der Frau Benz oder der neuen, der Ommenbach?“

„Der Ommenbach“, sagte ich. „Frau Benz kenne ich nicht.“ Ich musste ihm nicht sagen, dass ich sie einmal durch mein Fernglas gesehen hatte.

„Und Sie haben nichts berührt?“

„Vorher schon“, sagte ich. „Das Gartentor, die Haustür, den Griff an der Glastür zur Terrasse, die Küchentür, was man so anfasst, wenn man jemanden sucht.“

Er nickte. „Ich werde jetzt die Kripo anrufen und möchte mich dann mit Ihnen unterhalten. Wissen Sie, ob außer Frau Kassner jetzt noch jemand im Haus wohnt? Er oder sie könnte ja beim Kurkonzert sein.“

„Möglich“, sagte ich, „aber Herr Maanens und Frau Ommenbach sind bestimmt nicht auf der Insel.“

„Sie sind ganz sicher? Und wo halten die sich auf?“

Er war offensichtlich viel abgebrühter, als sein freundliches Lächeln mir weismachen wollte.

„Ich habe gehört, dass Herr Maanens am Montagnachmittag in Frankfurt erschossen worden ist. Tot. Frau Ommenbach liegt mit schweren Schussverletzungen auf einer Intensivstation.“

Das Lächeln blieb in den Mundwinkeln, aber verschwand aus den Augen.

„Okay“, sagte er. „Ich ruf jetzt die Kollegen von der Kripo in Wittmund an. Die kommen morgen mit der ersten Fähre.“

Er hatte offensichtlich die Nummer seiner vorgesetzten Behörde in der Polizeiinspektion Wittmund in seinem Handy gespeichert.

„Polizeiposten Spiekeroog, Oberkommissar Eibo Eibens, verbinden Sie mich mal mit Herkens oder wer gerade Dienst hat. Ja, es ist eilig. Danke.“

Achtzehn

Mir war klar, dass diese Reise anders als geplant enden würde. Eibens hatte mir klar gemacht, dass ich mich zur Verfügung halten müsste, bis die Kripo mit mir gesprochen hatte. Das wäre frühestens morgen Mittag der Fall, wenn die Fähre anlegte.

„Die Kollegen haben kein eigenes Schiff."

Ich musste meiner Crew klar machen, dass sie mit der Fähre nach Neuharlingersiel zurückkehren würden. Denn es könnte sehr wohl sein, dass ich auch am nächsten Tag noch auf Spiekeroog gebraucht wurde.

Also zwar noch ein Captain's Dinner am Donnerstag, aber das war's dann auch schon. Die Tickets gingen auf meine Kosten und in Neuharlingersiel würde ein Bulli warten, den Lisbeth besorgte.

„Oder wollt ihr morgen früh gleich weg?"

Nein, auf den Tag am Strand wollte keiner verzichten. Ich war mir nicht sicher, ob ich Zeit und Lust zum Kochen haben würde. Also verabredeten wir, dass ich die ganze Mannschaft zu Blomenbusch in den *Kronenhof* zum Essen einladen würde, Getränke eingeschlossen.

„Sie kennen also die Tote? Wer könnte sie denn erschossen haben?"

So nahe hatte keiner der sechs je einen Mord erlebt.

„Was weiß ich", sagte ich. „Keine Ahnung."

Mir war nicht danach, der Mannschaft meine Story zu erzählen. Morgen würde ich der Kripo Rede und Antwort stehen müssen.

Ich schlief also nicht sonderlich gut. Denn immer wieder fragte ich mich, was ich denen erzählen könnte und was ich besser für mich behielt. Denn wie lautete die Vereinbarung mit Maanens?

Mitten in der Nacht kroch ich noch mal aus der Koje.

Zwei hockten noch oben in der Plicht, einem Rotwein hingegeben, den sie willig mit mir teilten.

Ich musste der Kripo nichts verheimlichen, denn Maanens war tot. Und nur bis zu seinem Tod hatte ich zu schweigen, wenn ich die *Robbe* nutzen wollte. Diese Erkenntnis aus der Erinnerung war schon einen Roten aus dem Languedoc wert. Und eine Unterbrechung des Nachtschlafs.

Wir frühstückten früh, aber das waren wir aus Tidengewässern gewohnt. Und dann verschwanden die sechs zum Strand. Es kündigte sich wieder einer dieser blitzblauen Tage an, für die Spiekeroog berühmt ist.

Die Fähre machte fest, wieder grüßte Wiard von der Brücke.

Ich stand neben Eibens und wartete.

Die vier von der Kripo waren in der Menge der Ankommenden sofort auszumachen.

„Hauptkommissar Herkens."

Der sah nun wirklich aus wie der Detektiv in den alten Filmen. Tweedjackett, lederbesetzt. Kariertes Hemd, Paisley-Muster auf dem Schlips, Manchesterhose und Schuhe aus Wildleder. Ich hätte wetten können, dass der Mann Pfeife rauchen würde. Und des Abends einen Whisky ohne Eis genoss. Ein Mann von Mitte vierzig, vermutlich verheiratet und vermutlich Kinder. Er sah einfach danach aus.

Ein Spurenfachmann, ein Assistent mit Kamera, ein vierter Mann.

Wir gingen zu Maanens' Haus und Eibens beantwortete Fragen zum Deich, zur Pferdebahn, zum alten Anleger. Es schien, dass keiner der vier je auf Spiekeroog gewesen war.

Eibens öffnete die Gartentür und die Haustür. Er prüfte die Siegel. Sie waren unverletzt.

„Sie warten am besten hier, Herr Husmanns."

So wartete ich an der Treppe unter den abweisenden Blicken des Indianers. Weil die Arbeiten in der Küche so lange dauerten, trat ich näher an das Bild und las den Namen des Künstlers rechts unten: Baskin – nie gehört.

„Wir könnten uns hier an den Tisch setzen, Herr Husmanns."

Ich setzte mich dem Hauptkommissar gegenüber. Seitlich nahm Eibens Platz und legte einen Block auf den Tisch, den Kugelschreiber daneben.

Der erste Zeuge wurde vernommen.

Ich sagte, was ich zu sagen hatte.

Nein, wir hatten keine Verabredung, kannten uns seit einigen Wochen, ich war ein paar Mal hier im Haus gewesen, als Maanens noch lebte.

„Sie wissen also, dass er in Frankfurt erschossen wurde. Wer hat Ihnen das gesagt?"

„Ein Frankfurter Journalist, den ich kenne."

„Haben Sie, als Sie hierher kamen, irgendetwas am Haus bemerkt, das Ihnen auffiel, das anders war als sonst?"

Offene Fenster und Türen waren bei einem bewohnten Haus an einem warmen Juliabend nichts Ungewöhnliches. „Das alles sah so aus wie immer."

„Und in der Nähe? Sind Sie irgendjemandem begegnet?"

Die Frage hatte ich erwartet. Auf dem Weg zu Maanens' Haus war ich einem einzigen Menschen begegnet. Aber kam der vom Konzert, bei dem er nicht das Erwartete hörte, oder vom Strand, wo er den Sonnenuntergang genossen hatte, oder aus den Dünen oder aus Maanens' Haus?

Wenn das der Fall wäre, dann …

Ich beschloss, Herkens meine Begegnung zu schildern.

„Beschreiben Sie den Mann näher!"

Eibens machte sich Notizen, auch Herkens schrieb etwas in ein ledergebundenes Büchlein.

„Kennen Sie jemanden, auf den die Beschreibung passt, die wir eben von Herrn Husmanns gehört haben, Herr Kollege?"

Eibens schüttelte den Kopf.

„Nein, aber wir werden ihn natürlich finden. Die Insel ist so groß nicht."

„Dann laufen Sie am besten zur Fähre und sehen sich die Männer an. Herr Husmanns wird Sie begleiten und dann könnten wir uns ja vielleicht bei Ihnen in der Dienststelle treffen."

„Oder an Bord der *Robbe*“, schlug ich vor.

„Einverstanden.“

Herkens’ Auftrag war natürlich vernünftig. Nur an der Fähre hätten wir eine Chance, den Mann noch einmal zu sehen. Es war das erste Schiff, das nach dem Tod der Kassner die Insel verließ.

Aber wie dumm müsste ein Mörder sein, der genau das tat? Denn er müsste doch damit rechnen, dass man die Leiche inzwischen entdeckt hatte, die Polizei also aktiv geworden war.

Andererseits – warum sollte er sich gesucht fühlen? Bei der Tat hatte ihn niemand beobachtet und danach war ihm ein einziger Spaziergänger begegnet, ich, von dessen Absichten und Vorgeschichte er nichts wusste.

„Wir haben also eine reelle Chance“, sagte ich laut.

Eibens nickte.

„Aber wenn ich da in Uniform stehe, wird doch jeder misstrauisch.“

Ob das ganz den Dienstvorschriften entsprach, weiß ich nicht. Jedenfalls verschwand Oberkomissar Eibens oben auf der Brücke der Fähre und wartete im Ruderhaus mit den dunklen Scheiben auf mein Zeichen von unten.

Ich hockte als Urlauber auf einem Poller und sah interessiert zu, wie die Container an Bord der *Spiekeroog* gehoben wurden und dann die ersten Passagiere an Bord stiegen.

Zwei Männer kontrollierten Karten und wiesen den einen oder anderen sogar an den Schalter zurück.

Strenge Bräuche.

Ich sah einige Männer mit Bärten, zwei sogar mit Schnurrbärten von beachtlichen Ausmaßen. Den einen trug ein dicklicher Mann, der sich auf einen Spazierstock stützte und sich mit einem Panamahut Kühlung zufächelte. Und den anderen ein Spirlefips, der drei Köpfe größer als ich war.

Nein, als die Gangway abgezogen werden sollte und Eibens von Bord sprang, mussten wir feststellen: Der Mann, den ich abends auf dem Weg zu Maanens getroffen hatte, war mit Sicherheit nicht an Bord.

Wir würden ihn also im Ort suchen müssen.

Wie – unter ein paar hundert Kurgästen?

Wir beobachteten die ablegende Fähre, sahen uns die Neugierigen an, die sich hier eingefunden hatten, und warteten auf Hauptkommissar Herkens.

Ich bummelte zu Heinrich dem Seefahrer rüber. Eibens hatte nichts dagegen, ihn einzuweihen.

„Der Anna Kassner ist was passiert. Behalt das unter deiner Mütze, Heinrich. Aber du siehst doch viel. Hast du hier irgendwo einen Kerl entdeckt, mittelgroß, breitschultrig, Schippermütze, ganz in Schwarz gekleidet mit einem mordsgroßen Schnurrbart unter der Nase?“

„Die Anna is dood bleeben?“ Heinrich der Seefahrer rieb sich heftig die Nase. „Und der Kerl ist der, der sie umgebracht hat? Was soll ich machen, wenn ich den seh?“

„Ruf mich oder Eibens an. Und kein Wort über Annas Tod.“

Er nickte. Der Mord an Anna Kassner würde sich nicht lange geheim halten lassen. Aber hoffentlich so lange, bis der Täter gefasst war. Denn nur so könnte man Unruhe im Urlaubsleben der Hochsaison vermeiden.

Herkens entschied anders. Er ließ uns zur Polizeistation kommen. Der Assi, der Spurensucher und der vierte Mann waren noch an der Arbeit.

Eibens bat seine Frau um Tee und dann saßen wir in seinem Dienstzimmer.

„Ich habe die Frankfurter Kollegen informiert. Die versuchen auch, Frau Sabine Benz ausfindig zu machen. Aber jetzt zum Täter. Darf ich übrigens rauchen?“

Er schmauchte tatsächlich eine Pfeife, die er mit breit geschnittenem schwarz und weißem Tabak stopfte.

„Ich gehe mal davon aus, dass der Mann, den Herr Husmanns gestern Abend gesehen hat, noch auf der Insel ist. Er muss nicht der Täter sein, aber er könnte uns weiterhelfen. Wir müssen ihn also finden. Wie? Versuchen wir es mal mit einem Phantombild. Wir werden Ihr Fax dazu benutzen, Eibens. Und nun beschreiben Sie den Mann noch mal, Herr Husmanns."

Er wollte es genau wissen.

Augen, Stirn, Nase, Mund, Kinn? Ein rundes, ovales, rechteckiges, quadratisches oder dreieckiges Gesicht? Ohrenform.

„Sie verlangen ein bisschen viel, Herr Herkens, ich habe den Mann höchstens ein paar Sekunden gesehen."

„Das reicht schon. Wir werden das Fax benutzen und dann mal sehen."

Er ließ sich in Wittmund weiterverbinden und gab meine Antworten durch. Und dann sirrte nach zehn Minuten das Faxgerät zum ersten Mal. Und ein Gesicht kroch aus der Walze.

Nein, das war nicht der Mann, den ich gesehen hatte.

„Was war denn anders?"

„Die Augen. Und die Wangenknochen. Ich meine, die Augen standen nicht so waagerecht und die Wangenknochen waren etwas höher als hier. Und dann war der Schnurrbart nicht ganz so gewaltig."

Wir brauchten eine Stunde mit vier Hin- und Herfaxereien, bis ein Phantombild vor uns lag, mit dem ich zufrieden war.

„Das könnte er gewesen sein."

„Denn man tau, machen wir uns auf die Suche."

Neunzehn

Herkens war ein kluger Mann. Er stimmte mit Eibens die Suche ab.

„Was bleibt uns anderes als Klinkenputzen."

Herkens nickte. „Die übliche Arbeit der Kripo. Aber wenn wir hier Unruhe vermeiden wollen, sollten Sie Ihre Helfer einsetzen. Wer wäre das? Der Zoll?"

„Ja", sagte Eibens. „Der Zoll und die Feuerwehr. Damit sind wir etwa fünfzehn Leute."

Er sah auf die Uhr. „Wenn wir jetzt beginnen, könnten wir bis sechzehn Uhr alle Pensionen, Hotels und Ferienwohnungen abgeklappert haben."

„Um achtzehn Uhr geht die Fähre. Die würden wir dann nehmen, so oder so. Herr Husmanns, könnten Sie sich zu unserer Verfügung halten?"

„Natürlich", sagte ich, „damit habe ich gerechnet. Ich würde mich nur heute Abend gern von meiner Crew verabschieden, falls wir den Mann bis dahin nicht gefunden haben. Wenn doch, werde ich mit der *Robbe* nach Bensersiel segeln. Sie haben doch nichts dagegen, oder?"

Herkens nahm die Pfeife aus dem Mund. „Einverstanden. Wir beide würden also jetzt in den Ort gehen und uns in ein Café setzen und die Leute beobachten. Vielleicht kommt unser Mann ja zufällig vorbei!"

Es gab unangenehmere Tätigkeiten, als in einem Café in der Fußgängerzone im Dorf von Spiekeroog zu sitzen.

Eibens hatte einen stillen Alarm ausgelöst und während wir vom Tranpad zum Norderloog gingen, merkten wir, dass Männer zur Feuerwache eilten.

„Die Dünen und den Strand wollen Sie nicht absuchen lassen, Herr Herkens?"

Wir hatten Tee bestellt und rührten in unseren Tassen.

Der Hauptkommissar lachte. „Sie haben doch sicher mal Ihren Mao Tse Tung gelesen, damals! Erinnern Sie sich an seinen Rat: 'Der Fisch ist im Schwarm am sichersten, der Täter in der Menge.' Wenn da einer durch die Dünen läuft, fällt er auf. Ich denke mir, wir werden unseren Mann hier finden."

Um vierzehn Uhr zog ich ein Zwischenfazit.

Vierundsiebzig Männer mit Bärten, hundertzwölf ohne waren an uns vorbeigegangen. Keiner erinnerte an den Mann, dessen Konterfei vor uns auf dem Tisch lag. Die Teekanne hinderte ihn am Fortfliegen.

Eibens kam, als wir ein winziges Mittagessen hinter uns hatten.

„Kein Ergebnis, bisher. Wir nehmen uns jetzt den östlichen Teil vor."

„In Ordnung", sagte Herkens.

Die Tote musste zur Obduktion aufs Festland. Zwar bestand kein Zweifel, dass zwei Schüsse sie getötet hatten, kurz bevor ich sie fand, aber das reichte natürlich nicht. Also war Berenz, der Bestatter, wieder mal gefordert, einen Sarg zur Verfügung zu stellen.

Der Spurensucher, der Assi und der vierte Mann hatten ihre Arbeit beendet und meldeten sich bei uns.

Und so saßen wir, nichts tuend und alles sehend, vor dem Inselcafé und verglichen die vorbeikommenden Männer mit dem Phantombild.

„Er könnte sich ja den auffälligen Schnurrbart abgenommen haben."

„Könnte er", gab Herkens zu.

„Warum gehen wir nicht zur Kurverwaltung? Da meldet sich doch jeder, der auf der Insel übernachten will. Die müssten ihn dann doch gesehen haben."

„Sehr gut", nickte Herkens. Er zog wohl nur deshalb sein Jackett nicht aus, weil er darunter ein Holster mit Pistole trug. „Aber so ist das nun nicht mehr. Früher musste man seine Kurkarte bei der Kurverwaltung holen. Damals gab es auch noch Gästelisten, die veröffentlicht wurden. Wer kam woher und wohnte wo? Neuerdings dürfen solche personenbezogenen Daten nicht mehr gespeichert werden."

„Ihre Suche wird also schwerer."

„Ja, die Freiheit hat ihren Preis. Jetzt kontrolliert man bei der Abfahrt, ob jemand seine Kurtaxe ordnungsgemäß bezahlt hat, anhand der Hin- und Rückfahrscheine. Da muss dann mancher nachzahlen. Aber gespeichert wird nichts mehr und darum braucht Oberkommissar Eibens Helfer."

„Und warum warten Sie jetzt hier nur? Abwarten gehört doch sonst nicht zur Kripoarbeit."

„Richtig. In zehn Minuten werde ich ein Foto von Frau Kassner haben und dann ein paar Besuche machen. Frau Kassner wird ja eingekauft haben, sich im Ort bewegt haben, mal sehen."

So blieb ich alleine im Inselcafé sitzen, das Handy auf dem Tisch, Tee trinkend, abwartend, suchend.

Irgendwo müsste Anna Kassner doch Verwandte oder Freunde haben. In Buchschlag oder in Frankfurt zum Beispiel. Was lief dort jetzt ab? Hatten die Schüsse auf Maanens und Ommenbach mit denen auf die Kassner zu tun? Vermutlich. Aber mit welcher Absicht war auf die drei geschossen worden? Von einem, von mehreren Tätern?

Das Bild des Zaren war ins Museum zurückgekehrt. Die Versicherung hatte ihren Finderlohn gezahlt, die Ommenbach hatte die uninteressante Kopie Sabine Benz geschenkt. Nein, das Zarenbild würde niemanden mehr bewegen.

Also musste es andere Motive geben.

Herkens hatte mich ausgefragt, freundlich und beharrlich.

Schon der Polizist auf Helgoland hatte im Auftrag der Frankfurter Kripo mit mir gesprochen, verriet mir der Wittmunder Hauptkommissar.

„Sie segeln mit dem wertvollen Boot Maanens' durch die Weltgeschichte. Was kostet so eine Puffin 42? Sehen Sie, da kann man schon mal auf den Gedanken kommen, dass der

Skipper den Besitzer aus der Welt schafft, um diese Yacht nie wieder zurückzugeben."

So hatte ich das nie gesehen, aber Herkens' Logik war zwingend. Ich war froh, dass ich mein Logbuch ordentlich geführt hatte und an den Schleusen registriert worden war.

Als Schütze in Buchschlag konnte mich niemand verdächtigen. Und als Täter auf Spiekeroog?

Ich hatte die Leiche als Erster gesehen, hatte den Mord gemeldet, hatte Spuren hinterlassen. Wenn also Herkens sich mit mir unterhielt, dann sicher nicht nur aus Freundschaft und Interesse am Segeln.

Beim dritten Kännchen Tee klappte ich meine Kladde zu. Es hatte keinen Sinn mehr, die Strichliste weiterzuführen. Ich musste x Männer x-mal gezählt haben.

Um drei Uhr erschien Herkens wieder.

„Ich würde gern Ihre Meinung hören zu dem Tod des Russen am 1. Juni beim Ansegelfest am Hafen. Warum haben Sie mir davon bisher noch nichts erzählt?"

Ganz so freundlich klang seine Stimme nicht mehr.

„Sie haben mich danach nicht gefragt. Was ich weiß, sind Vermutungen. Frau Ommenbach aus Frankfurt hat die eine oder andere bestätigt, aber das war's auch."

„Ich höre."

Er ließ mich reden, ließ mich ausreden, schenkte mir Tee nach, machte sich Notizen.

„Sie vermuten also, dass Frau Kassner jenem Russen einen Schock geben wollte. Der Arzt wusste nichts von der Insulinspritze und gab ihm Valium, wie man es bei einem schwer Betrunkenen tut, der den Tremens hat. Der Kreislauf des Mannes bricht zusammen. Er stirbt darauf. Der Arzt bescheinigt einen natürlichen Tod. Die Leiche wird nach St. Petersburg zurückgeflogen."

Er hatte meinen Bericht korrekt zusammengefasst.

Dann legte er seinen Kopf schräg und sah mich forschend an.

„Warum haben Sie Ihren Verdacht eigentlich nicht gemeldet? Wer Ihnen an den Karren will, könnte Ihnen einiges vorwerfen: Nichtanzeigen einer Straftat, Behinderung polizeilicher Ermittlungen zum Beispiel. Und ob der Arzt nicht rangezogen werden kann, weil er Valium spritzte, ohne vorher zu prüfen, ob der Mann das überhaupt vertrug?"

„Wer kennt sich denn damit aus?", verteidigte ich mich schwach. „Sie hätten doch ganz schön viel zu tun, wenn die Leute auch noch mit Vermutungen zu Ihnen kommen."

Er schwieg einen Augenblick und rieb sich den Nasenrücken. „Wir werden mal nachfragen, ob die Leiche in Russland obduziert wurde. Viel Hoffnung auf eine Antwort mache ich mir nicht. Aber eine ganz andere Frage: Warum hat Frau Kassner Ihrer Meinung nach den Russen getötet? Da muss es doch ein kräftiges Motiv gegeben haben. Was wissen Sie darüber, Skipper?"

Wieder ließ er mich ausreden und fasste wieder zusammen.

„Frau Kassner will verhindern, dass der Russe das Originalbild stiehlt. Hm. So ein Motiv ist mir bisher noch nicht untergekommen, aber wir leben hier ja auch auf dem Lande." Er hob die Schultern und lächelte schief. „Aber nehmen wir das mal an. Dann hätte der zweite Russe in Frankfurt den zweiten Anlauf genommen. Und den hat Maanens verhindert. Dabei wurde er blind. Der zweite Russe verbrannte. Und nun kommt der Dritte."

„Wie kommen Sie denn darauf, Herr Kommissar?"

„Na, sehen Sie sich unsere Phantomzeichnung an. Der Mann könnte Russe sein, Südrusse."

„Oder Jugoslawe, oder Italiener, oder Spanier, oder Portugiese oder Südamerikaner oder Türke oder oder. Oder schlichtweg ein Mann aus Oberbayern, der endlich mal an der See Urlaub macht."

Er schwieg eine Weile.

„Wir müssen eine Hypothese haben. Ein Modell. Und dann sehen wir weiter. Ich nehme im Augenblick mal an, dass die Schüsse in Frankfurt und hier zusammenhängen. Ich halte es nicht für einen Zufall, dass am Montag in Frankfurt auf Maanens und seine Begleiterin geschossen wurde und am Mittwoch hier auf seine Haushälterin. Was wissen Sie über Maanens?"

„Wenig", sagte ich. „Über sein Geschäftsleben so gut wie gar nichts. Und recht wenig über ihn privat. Vielleicht versuchen Sie mal, seine ehemalige Lebensgefährtin zu sprechen."

Er klappte sein Notizbuch zu. Wir drehten uns im Kreise.

„Mein Assistent wird hier bleiben und Oberkommissar Eibens bei der weiteren Arbeit helfen. Wir anderen werden die Fähre nehmen und verschwinden. Mal sehen, was die Frankfurter Kollegen rausgefunden haben. Sie können von mir aus nach Bensersiel segeln, wir haben ja Ihre Adresse und Ihre Handynummer. Ich vermute, wir werden den Mann mit dem Schnurrbart nicht finden."

„Und warum vermuten Sie das?"

„Nur so ein Gefühl. Abgesehen davon kann der sich natürlich den Bart abnehmen und die Augenbrauen ausdünnen und dann finden wir ihn nie. Vermutlich hat er das. Ich würde es jedenfalls tun, wenn ich der Täter wäre."

„Und wenn ein anderer der Täter ist?"

„Das eben werden Eibo Eibens und mein junger Kollege eruieren. Bis dann, ich zahle die Rechnung."

Zwanzig

Die Crew hatte am Strand beschlossen, schon am Abend mit der Fähre nach Neuharlingersiel zurückzukehren. Sie hatten Lisbeth angerufen und mit ihr vereinbart, den Bulli einen Tag früher zu schicken. Und sie hatten vor allem mit ihren Familien vereinbart, schon heute Nacht zu Hause zu sein. Alle sechs kamen aus der Gegend von Münster in Westfalen.

Nichts also mit einem Captain's Dinner bei Blomenbusch.

„Ich bring Sie mit der *Robbe* rüber!"

Aber sie hatten die Tickets schon gelöst, ihre Seesäcke schon an Land gebracht, klar Schiff gemacht. Der Mord an der Kassner, der so weit weg von ihnen geschehen war, hatte ihnen wohl die Laune gründlich verdorben.

Also nur ein paar Handschläge, die üblichen Versprechen, Bilder zu schicken und im nächsten Jahr wieder einen Törn zu machen.

Dann stapften sie davon. Ich fand mich an der Fähre ein, als die Gangway angelegt wurde. Eibens hielt sich oben auf der Brücke verborgen und wir spielten dasselbe Spiel wie schon am Morgen. Und mit dem gleichen Ergebnis. Niemand, der dem Mann mit dem Schnurrbart auch nur im Entferntesten ähnlich sah, kam an Bord.

Die nächste Fähre würde morgen Mittag ablegen.

Ich könnte eigentlich mit dieser Tide auslaufen innen rum nach Bensersiel zurück. Ich würde bei Dunkelheit ankommen, aber die Sände hier und die Fahrwasser waren mein Heimatrevier, in dem ich mich nun wirklich auskannte.

„Ich komme heute mit der Tide", sagte ich Komrusch am Telefon.

Er würde meine Nachricht an Lisbeth weitergeben.

„Brauchst du nicht Hilfe?"

Nach drei Wochen auf der *Robbe* kannte ich die Yacht. Wir hatten drei Windstärken aus Ost, der Wind würde nördlicher drehen und abnehmen. Also unter Segeln die Schillbalje hoch und dann unter Motor das Fahrwasser entlang bis zu Adam und Eva, dem Feuer am Ende des Damms vor Bensersiel. Wir würden eine klare Nacht haben mit Halbmond, die Pricken wären also gut zu sehen, die Feuer und die Tonnen gut auszumachen.

Ich sollte wenigstens noch etwas essen. In einer Stunde würde ich ablegen müssen, ich hatte also Zeit für eine Portion Bratkartoffeln mit Sauerfleisch bei Blomenbusch.

Heinrich der Seefahrer schloss seine Bude ab und schlurfte neben mir her. Auf ein Bier ließ er sich breitschlagen.

„Das ist ja nun nicht gut, das mit der Kassner“, sagte er und wischte sich den Schaum von der Oberlippe. „Erst ein toter Russe und jetzt sie. Was ist bloß los mit den Menschen? Und den Täter suchen sie immer noch.“

„Die haben gerade erst angefangen“, sagte ich. „Du hältst ja nun weiter die Augen auf hier am Hafen und am Steg. Und ich werde sicher von Eibens oder Herkens was hören.“

„Und von Maanens? Weiß denn der das schon?“

„Den haben sie in Frankfurt erschossen.“

Heinrich ließ den Rest des Biers im Glas stehen.

„Was ist bloß aus der Welt geworden!“

Er drückte mir die Hand, setzte seinen Stumpen in Brand und verschwand.

Blomenbusch servierte den Teller und setzte sich zu mir. „Also diesmal war der Täter nicht bei uns im Haus. Ich habe den Mann von der Zeichnung nie gesehen! Was passiert hier eigentlich? Erzähl mal, du warst doch den ganzen Tag mit dem Kripomann zusammen.“

Der fuhr jetzt mit der Fähre nach Neuharlingersiel. Der junge Assistent, der Eibo Eibens unterstützen sollte, ging jetzt neben ihm her ins Dorf zurück. Vermutlich war er beim Polizeiposten oder in der Nähe untergekommen.

Die hatten noch ein Riesenstück Arbeit vor sich. Wenn am Wochenende der große Wechsel unter den Kurgästen stattfand, würde sich ihr Suchgebiet auf ganz Deutschland ausdehnen. Es sei denn, sie hätten bis dahin den Täter ausfindig gemacht. Oder die Täterin.

Wer zum Teufel bringt eine Frau um und verschwindet, ohne etwas mitgehen zu heißen?

Ich hatte keine Lust, den ganzen Rees Blomenbusch zu erzählen. Zu oft hatte ich an diesem Tag darüber geredet.

Ich sehnte mich nach dem Boot. Raus aufs Wasser, die Gedanken auf die Segel und die See gerichtet, zwei Stunden bis Bensersiel, das gab einen klaren Kopf.

Ich zahlte und ging.

Adieu Spiekeroog.

Vorerst jedenfalls.

Einundzwanzig

Der Abendwind tat gut. Ich war froh, den Troyer mitgenommen zu haben. Ich zählte beim Gehen die Lichter der Tonnen, die beiden grünen nach Neuharlingersiel zu, das Feuer von Wangerooge winkte. Die Feuer der Hafenausfahrt von Spiekeroog lockten.

Die Fallen klingelten an den Masten, kleine Nachtmusik der Segler. Jeder Hafen klang anders, Jollenmasten gaben höhere Töne, Holzmasten schlugen einen kräftigen Grundrhythmus. Meistens gefiel mir dieses Klingen, auch wenn ich bei der *Opa Reimer* darauf achtete, die Fallen so festzusetzen, dass sie nicht an den Mast schlugen. Nicht jeder liebte solch nächtliches Trommeln und Pfeifen.

Heinrichs Hütte lag wie ein dunkler Ausguck am Steg. Er war gut besetzt, das Revier um Spiekeroog war bei Seglern sehr beliebt. Und jetzt in der Saison bei konstantem Hochdruckwetter ganz besonders.

Meine Box, die Nummer 16, würde die Saison über in Spiekeroog Gastliegern zur Verfügung stehen. In Bensersiel müsste ich im Club klären, ob ich einen permanenten zweiten Liegeplatz brauchte, oder ob der eine für die *Opa Reimer* reichte, die *Robbe* als Gastlieger gelten könnte.

Ich hatte also jetzt zwei Yachten. In dieser Saison würde sich nichts ändern, doch die nächste könnte ich ganz anders planen. Einen zweiten Skipper finden? Oder die eine Yacht in ein anderes Revier verlegen, dass man auch im Frühjahr und Herbst nutzen könnte. Saint Maxime zum Beispiel am Mittelmeer?

Zeit zum Nachdenken wäre also nötig. Aber die hatte ich.

Seltsam, so eine Yacht atmet noch die Erinnerung an die letzte Crew. Ich meinte sie noch an Bord zu haben, so als hockten sie unten und warteten nur auf mein Kommando.

Aber diesmal musste ich allein auslaufen.

Also erst mal den Motor in den Leerlauf. Dann die Springs einholen und besser gleich aufschießen. Draußen hätte ich genug zu tun, mich aufs Fahrwasser zu konzentrieren. Dann die Festmacherleinen auf gleiche Weise versorgen. Und nun den Rückwärtsgang mit Ruder mittschiffs. Die *Robbe* hatte sich vom Steg gelöst. Ich drehte im Hafenbecken und legte den Schalter für die Positionslichter um. Segler unter Motor – für alle Fälle.

Eigentlich hätten die Fender unter der Sitzbank verstaut werden müssen, aber ich zog sie nur über die Reling nach innen. Das war zwar nicht shipshape and Bristol fashion – aber wer würde das heute Nacht schon sehen?

Ein Blick nach oben und zur Seite, ein kurzer nach achtern. Alle Positionslichter brannten.

Der halbe Mond war hell genug, um die Pricken am Fahrwasser aus dem Hafen heraus zu erkennen. Wenn meine Augen sich erst an die Dunkelheit gewöhnt hatten, könnte ich gut auch auf die Feuer an Land und auf die beleuchteten Tonnen verzichten. Dies war mein Revier, hier kannte ich mich aus.

Die Hand am Rad war eigentlich gar nicht nötig. Die Puffin steuerte sich fast wie von selbst. Sollte ich die Segel setzen?

Die Schillbalje hinab würden sie weniger nützen als unter der Küste. Also mit oder ohne Zeug oben segeln? Ein Schiff wie die *Robbe* hatte es verdient, wie ein Segler behandelt zu werden. Also – Plünnen raus.

Das alles ließ sich aus der Plicht machen und zum Trimmen reichte die Kraft eines Arms. Ich sah am Speedometer, dass die *Robbe* zwei Knoten schneller lief und überlegte, ob ich den Motor nicht abstellen sollte. Aber dann dachte ich an Komrusch, der in Bensersiel auf mich wartete, und ließ den Motor laufen.

Ein Blick über die Kimm. Ich war allein auf See. Hinter dem Deich die Lichtbäuche von Neuharlingersiel an steuerbord voraus und steuerbord querab Bensersiel. Auch Esens war am Lichtecho gut zu erkennen. Unsere Städte zerstören die Dunkelheit. Nachtschwärze erlebst du nur noch auf See. Und nur dort weißt du, wie die Sterne richtig funkeln.

Ich hätte jetzt meine Jacke brauchen können, die unten am Navigationstisch hing. Die *Robbe* lief gut, ich belegte das Rad und turnte ins Deckshaus und nach unten.

Als ich die Arme in die Jacke schob, spürte ich, dass jemand hinter mir stand. Mir war, als zöge mir jemand ganz langsam eine eng sitzende Kappe über das Gesicht. Ich spürte meinen Rücken, so als ob sich dort die kleinen Härchen aufrichteten, drehte mich um und wusste, dies ist das Ende. Hinter mir stand ein Mann und zielte mit einer Pistole auf mich – nicht irgendeiner, sondern der Mann, ganz in Schwarz, aber ohne seinen gewaltigen Schnurrbart und mit ausgedünnten Brauen. Das Licht am Navigationstisch erleuchtete von rechts sein Gesicht.

Er deutete mit dem Pistolenlauf nach hinten und oben.

Sehr langsam drehte ich mich um und sehr langsam stieg ich nach oben, durchs Deckshaus in die Plicht ans Ruder.

Wie dicht er hinter mir blieb, ahnte ich nur. Als ich am Rad stand, hockte er sich im Schatten des Deckshauses auf die gepolsterte Bank. Ich stand im vollen Mondlicht und bot ein Ziel, das selbst ein Halbblinder mit einem Ballermann nicht verfehlen konnte.

Der Gesuchte hatte sich also auf meinem Schiff versteckt, vermutlich als ich im *Kronenhof* Bratkartoffeln aß. Und die Pistole in seiner Hand verriet, dass ich gestern nicht einem zufälligen Spaziergänger begegnet war, sondern dem Mann, der Anna Kassner erschossen hatte.

Bisher hatte er noch kein Wort gesagt. Ich vermutete, dass er aus dem Schatten heraus den Kompass im Blick hatte.

„Ich segle nach Bensersiel“, sagte ich. Irgendwo hatte ich mal gelesen, dass man auch mit Leuten, die eine Waffe auf einen richten, reden muss. Lieber mehr als weniger.

„Sie können die Waffe einstecken“, sagte ich. „Ich werde mich ruhig verhalten, bis Sie verschwunden sind. Ich kann Ihnen eine halbe Stunde Schweigen zusagen.“

Ich bekam keine Antwort.

„In einer halben Stunde sind Sie in dieser Gegend verschwunden, da wird niemand Sie mehr finden. Das ist doch ein faires Angebot."

„Nix gut."

„Also, was wollen Sie?"

Jetzt, da ich redete, schmolz der Schrecken vor der Pistole. Nach den beiden Worten zu urteilen, war er kein Deutscher.

„Wo is Boot?"

„Was meinen Sie mit Boot? Wir sind auf einem Boot. Die *Robbe* ist ein Boot, ein Segelboot."

Ich sah, wie er aus dem Dunkel heraus mit der Pistole fuchtelte. Der Lauf glänzte im Mondlicht.

„Beiboot. Rettungsboot!"

„Das brauchen wir hier nicht. Das hier ist ein ungefährliches Fahrwasser, wir haben überall Landsicht."

Natürlich hatte die *Robbe* ein Rettungsboot, den so genannten Kindersarg, ein Gummiding mit Zelt für acht Personen in einem Behälter zusammengestaucht, der sich sofort öffnete, wenn man ihn an der Leine ins Wasser warf. Den fuhren wir im Vorschiff auf See, doch bei der Annäherung an Spiekeroog hatten wir ihn am Norderriff in der Bank in der Plicht verstaut. Da lag auch das Schlauchboot, das wir mit der Fußpumpe aufblasen mussten. Und da lag auch der Hilfsmotor. Wir hatten beide zusammen im Limfjord einige Male genutzt.

„Ich in Rettungsboot. An Land."

Also nicht im Hafen. Was versprach er sich davon?

Und dann wurde mir klar, dass das mit Sicherheit mein Ende sein würde.

Die Schillbalje bog hinter der grünen Leuchttonne etwas nach Süden. Ich folgte dem Fahrwasser ganz automatisch, ohne auf den Kompass zu achten.

Der Lauf der Pistole tauchte wieder aus dem Dunkel auf und deutete auf den Kompass.

„Pass auf!"

„Das Fahrwasser macht hier eine Kurve. Wenn ich nicht mitlaufe …“

Ich beendete den Satz nicht und der dunkle Mann schwieg.

„Rettungsboot, dawai.“

„Sie kommen von hier aus nicht an Land“, sagte ich. „Es ist zu weit. Die Tide kippt in einer halben Stunde und treibt Sie wieder raus.“

Keine Antwort. Ganz offenbar verstand der Mann kaum Deutsch. Aber seine Pistole machte mir klar, was er wollte.

Mit dem Boot an Land. Irgendwo würde ein Auto warten. Oder er würde sich eins besorgen. Und wohin auch immer verschwinden.

Die *Robbe* würde führerlos im Wasser zwischen dem Festland und den Inseln treiben. Denn sobald das Boot startklar war, würde er abdrücken. Ein lebender Skipper an Bord der *Robbe* war für ihn gefährlich, selbst wenn er das Funkgerät, das Handy und die Signalpistole zerstörte.

Ich sah mich um. Das Feuer am Damm nach Neuharlingersiel lag jetzt voraus. Die grün funkelnde Tonne an Steuerbord lassen, das Feuer am Ende des Dammes an Backbord und dann in die Baklegde hinein.

Ich war ganz allein auf dem Wasser.

Oder doch nicht. Ich meinte, an Steuerbord dicht über dem Wasser ein weißes hüpfendes Licht zu sehen. Aber es war nicht klar auszumachen.

„Dawai.“

Noch lief die *Robbe* mit halbem Wind, aber an der Tonne müsste ich halsen und die Segel ausfieren. Und dabei das Rettungsboot aufblasen?

Plötzlich erhob sich der Mann. Er war doch größer, als ich mich erinnerte.

Mit dem Rücken nach vorn zur Fahrtrichtung griff er mit der linken Hand ans Rad.

„Dawai.“

Eine Bewegung mit der Pistole auf die Sitzbank zu.

„Rettungsboot.“

Ich klappte den Sitz hoch und überlegte, was ich noch tun konnte. Den Bootshaken als Waffe benutzen? Lächerlich. Der Mann hatte zwei Menschen erschossen, die Ommenbach schwer verletzt. Er war also mit einem Stück Holz, das in Eisen mündete, sicher nicht außer Gefecht zu setzen.

Meine Signalpistole lag unten in der untersten Schublade unter dem Navigationstisch. Wie dahin kommen? Und wie sie laden? Und wie dann schießen?

Die Lage sah nicht gut aus für mich.

Über Bord springen. Nicht hier. Selbst wenn ich mich auf den trocken gefallenen Janssand retten könnte, böte ich im Mondlicht ein gutes Ziel.

Wie weit trägt eine Pistole? Fünf Meter, zehn Meter? Mehr?

Das Gummi fühlte sich kalt an.

Ich wunderte mich, dass meine Hände nicht zitterten, als ich das Endstück des Pumpenschlauchs auf das Ventil des Beiboots setzte.

Und dann begann ich zu pumpen. Schön langsam.

Ich meinte den Kerl grinsen zu sehen.

Er ließ mich nicht aus den Augen, schaute nur mal kurz nach unten auf den Kompass und schien zufrieden. Luft strömte in die Kammern des Boots und die Nadel des Kompasses zitterte nicht.

„Wir müssen zwischen dem grünen Licht und dem weißen Licht durch!“

Er schaute sich kurz um, doch die Pistole bewegte sich nicht weg von mir.

„Gut.“

Wie weit hatte er die Karte im Kopf? Vermutlich war er mit der Fähre nach Spiekeroog übergesetzt. Wie hatte er sich auf der Insel orientiert? Ich erinnerte mich, dass die topografische Karte mit dem grünen Cover des Landesvermessungsamts unter der Insel den Verlauf des Fahrwassers zeigte, das Seeriemer Watt und Damm, Hafen und Sieltief von Neuharlingersiel. Vielleicht wollte er am Badestrand an Land gehen, eben westlich vom Ort.

Die Kammern füllten sich. Das Gummiboot nahm Gestalt an.

Wir hatten die grüne Tonne mit ihrem unterbrochenen Funkeln jetzt an Steuerbord und mussten westlicher laufen, um das weiße Feuer am Ende des Damms an Backbord zu lassen.

Ich unterbrach das Pumpen und zeigte auf das Rad und den Kompass.

Er trat zur Seite, zurück in den Schatten des Deckshauses. Ich fierte die Segel, ließ den Schoten viel Lose und lief in die Baklegde ein.

Der weiße Punkt voraus war näher gekommen. Vermutlich ein kleines Motorboot oder ein kleiner Segler, der nur unter einem weißen Rundumlicht fuhr.

Meine Chance!

Irgendjemand war von Bensersiel nach Neuharlingersiel unterwegs. Wenn ich über Bord sprang, könnte der mich auffischen.

Und dann legte ich zwei Schalter um, eine Fingerbewegung, die nicht auffiel.

Die *Robbe* führte jetzt Lichter, die keiner Vorschrift entsprachen. Dem Entgegenkommer, der nachts durchs Watt fuhr, musste auffallen, dass der Segler, der da weithin sichtbar mit flatternden Segeln in die Baklegde gedreht hatte, offenbar mit Problemen kämpfte.

Weiterpumpen, forderte das Nicken des Pistolenlaufs.

Das Boot wuchs zu seiner vollen Größe und füllte die Plicht.

„Ruder!“

Die Armbewegungen im Halbdunkel zeigten, was der Mann meinte – die beiden Riemen, mit denen man das Beiboot auch bewegen konnte.

Ich schätzte die Entfernung zum Entgegenkommer auf eine halbe Seemeile. Ein nicht genau Beobachtender konnte den weißen Punkt noch für einen niedrigen Stern halten. Das Flattern der Segel übertönte das leise Geräusch des Bootes.

Ein Motorboot, soviel war schon jetzt sicher. Ein sehr kleines, das also wohl auch wenig Tiefgang hatte.

Wann würde der Schwarzgekleidete schießen?

Sobald das Gummiboot im Wasser lag?

Oder jetzt, als ich mit den beiden Riemen aus der Backskiste wieder auftauchte?

Nein. Jetzt nicht und nie.

Hinterher konstruierten wir den Ablauf so:

Ich ließ die *Robbe* mit einem Schwung am Rad aus dem Kurs laufen. Beide Segel schlugen über das Deck auf die andere Seite.

Damit hatte mein Besucher nicht gerechnet.

Ich sprang von der Bank aus über Bord.

Die *Robbe* rauschte weiter.

Eiskaltes Wasser. Auftauchen, Luft holen.

Der Mann war so vernünftig, nicht hinter mir her zu ballern. Er hob das Gummiboot über die Reling und stieg hinein.

Und fing an, Richtung Land zu rudern.

Eine halbe Seemeile bei auflaufendem Wasser.

Da stieg die erste Rakete in die Luft, ein weißer Streifen, der oben zerplatzte und ganz langsam an einem Fallschirm nach unten segelte, vom Wind zur Seite getrieben.

Ich spürte Land unter den Füßen, Janssand, die Strömung riss mich weiter.

Die *Robbe* bewegte sich nicht mehr. Sie war aus dem Fahrwasser gelaufen und lag mit dem Bug im Wind.

Der Mann im Gummiboot paddelte wie wild.

Das Motorboot drehte von ihm ab.

„Höh", brüllte ich und hob die Hand.

Und so fischte Komrusch mich aus dem Wasser.

Und an Land nahmen die Kollegen von Eibo Eibens den Russen in Empfang, der seine Waffe ins Wasser warf.

Sie wurde gefunden und spielte im Prozess in Frankfurt eine wichtige Rolle. Es war die Waffe, mit der Helmut Maanens und Anna Kassner getötet und Charlotte Ommenbach schwer verletzt worden waren.

Sie trat als Zeugin auf, verzichtete auf die Rolle als Nebenklägerin, weil sie ihr nichts eingebracht hätte.

Zeugin war auch Sabine Benz, die ich nun endlich mal kennen lernte. Ein etwas blasses Weib, das ich überall übersehen hätte. Sie gab vor Gericht zu, ziemlich blöd gehandelt zu haben.

Sie hatte dem Interessenten in Russland doch noch die Kopie des Zarenbildes zum Kauf angeboten. Der schickte statt Dollars einen dritten Russen nach Deutschland, Freund der beiden, die auf Spiekeroog und bei Buchschlag getötet worden waren.

„Russenrache" schrieb die Bild-Zeitung in ihrer Frankfurter Ausgabe, als das Urteil verkündet wurde: Zweimal lebenslänglich für zwei Morde und dazu ein paar Jahre für den Versuch, Charlotte Ommenbach auch noch zu töten.

Niemand fragte, was ich bei all dem vermutet oder gewusst hatte. Was mir in jener Nacht zwischen Spiekeroog und Neuharlingersiel widerfahren war, konnte das hohe Gericht nicht als Mordversuch werten.

Nun ja, die *Robbe* ist mein.

ENDE

Aus der Seglersprache

abschlagen .... losnehmen von Segeln
achterlich .... alles was hinter querab von Yacht liegt
anluven .... den Kurs so ändern, dass der Wind spitzer von vorn kommt
anschlagen .... zwei Dinge seemännisch miteinander verbinden
aufschießen .... mit der Yacht ganz in den Wind gehen, um Fahrt aus dem Schiff zu bekommen
Autopilot .... Vorrichtung, mit deren Hilfe eine Yacht selbständig steuern kann
Backskiste .... Kastenbank, die als Stauraum dient
Baum .... Rundholz am Mast, an dem das Segel angeschlagen ist
Beaufort .... Maßeinheit für Windstärken
Besanschot an trinken .... nach dem Festmachen im Hafen ein Glas trinken
Cockpit .... dasselbe wie Plicht: vertiefter Sitzraum draußen
fieren .... herunterlassen oder loslassen
Fock .... dreieckiges Vorsegel
GPS-Plotter .... Gerät zur Bestimmung der Schiffsposition nach Signalen von Satelliten
Groß .... das große Segel am großen Mast einer Yacht
Großrah .... querstehendes Holz am Großmast
halber Wind .... seitlich einfallender Wind
Halsen .... die Yacht so drehen, dass sie mit dem Heck durch den Wind geht
Kimm .... Horizont
Klüver .... eins von zwei oder drei Vorsegeln
Kuttersteven .... vorderer Teil der Yacht, geformt wie der eines Kutters
Lose geben .... Leinen lockern

Marina	Hafen für Segelyachten und kleinere Boote
Nock	durch Reling geschützter Ort an der Außenseite der Brücke
Plicht	siehe Cockpit
Probeschlag	eine Strecke, die man zur Probe absegelt
riggen	aufbringen der Takelage
reffen	verkleinern der Segelfläche
Rollfock	Vorsegel, das sich bequem um die Vorstag, die vordere Verbindung von Bug und Mast, aufrollen lässt
Schlicktown	Matrosenjargon für Wilhelmshaven
seilen	segeln
Shipchandler	Schiffshändler
Shipshape and Bristol fashion	alles vom Feinsten an Bord (wie auf Seglern aus dem englischen Bristol lange Zeit üblich)
Skutje	friesisches Segelschiff für Binnengewässer und das Wattenmeer
Speed	Geschwindigkeit
Udel	Hilfsmotor oder Motor der Yacht
Verklicker	im Mast der Wimpel zum leichteren Erken nen der Windrichtung
Zampelbüdel	kleiner Sack für Gerät und Ausrüstung

Lüke Busbohm lebt seit Jahrzehnten zurückgezogen auf Langeoog. Nach dem mysteriösen Tod des alten Sonderlings forscht Segler Heiko Husmanns auf der Nordseeinsel nach den Gründen. Angeblich wusste Busbohm von einem Schatz, der unter den tückischen Sandbänken verborgen liegt. Die wandernden Sände vor Langeoog verändern sich mit jeder Sturmflut. Aber bergen sie wirklich Reichtümer? Und was wissen die Insulaner?

Dieter Bromund:
Die wandernden Sände
Inselkrimi
ISBN 3-934927-15-7
192 Seiten, 10,- Euro

Am Strand von Langeoog wird eine Tote angespült: Jule Zurkrone, Hoteliersfrau, im Sturm über Bord gegangen. Doch Jule war eine gute Schwimmerin und trug eine Schwimmweste. Warum musste sie trotzdem sterben?

Dieter Bromund:
Die Frau aus der Brandung
Inselkrimi
ISBN 3-934927-25-4
96 Seiten, Taschenformat, 4,90 Euro